FUTURE HISTORY 2050

Thomas Harding

FUTURE HISTORY 2050

Dokumentation
Florian Toperngpong

Verlagshaus Jacoby Stuart

Kurze Mitteilung des Herausgebers

Ehrlich, ich wusste überhaupt nicht, was ich davon halten sollte.

Ich war gerade für Recherchen im Berliner Landesarchiv. Das ist eine alte Munitionsfabrik im Norden der Stadt, ein großes Backsteingebäude mit hohen Decken und gebohnerten Fußböden. Auf einem kleinen Tisch vor mir standen sieben Pappschachteln. Einige davon war ich bereits durchgegangen und hatte viel Interessantes über eine jüdische Familie in Erfahrung bringen können, die in den 1930er Jahren in Berlin lebte. Besonders interessant war, dass eine der Schachteln die Korrespondenz zwischen dieser Familie und der Gestapo enthielt. Nun öffnete ich die vierte Schachtel, und da fand ich sie. Neun kleine Hefte, die mit Bindfaden zusammengeschnürt waren. Alle waren sie voller handschriftlicher Notizen. Sie trugen die Nummern 1, 2, 4, 6, 7, 9, 10, 11 und 13. Die Handschrift war gut lesbar, und der Text war – überraschend für den Ort, an dem ich mich gerade befand – auf Englisch verfasst.

Ich sah mir die Hefte genauer an und entdeckte verschiedene Daten. Auf dem Umschlag des Heftes, das ich gerade in der Hand hielt, stand „2031“. Ich blätterte ein paar Seiten weiter und gelangte zum Jahr 2033. Am Ende des Heftes war ich bei 2035 angelangt.

Neugierig geworden sah ich mir die übrigen Hefte an. Die Daten umfassten die Jahre von 2020 am Anfang eines Hefts bis 2050 am Ende eines anderen. Und als ich die Seiten dann genauer durchzusehen begann, fiel ein Dokument heraus. Es war eine Postkarte, die eine Frau geschrieben hatte, die aus

Die Notizhefte sowie weitere Dokumente

Venedig evakuiert worden war, nachdem eine dramatische Erhöhung des Meeresspiegels die Stadt unter Wasser gesetzt hatte. Das Datum des Poststempels aus dem Jahr 2031. Aber wie sollte das möglich sein? Bis 2031 waren es noch elf Jahre!

Ich habe Jahre in fensterlosen Räumen überall in der Welt zugebracht — zuweilen nennt man mich eine Archivratte —, und ich bin von Natur aus skeptisch. Ich gelte auch als Vernunftmensch. Ich habe gelernt, vorurteilslos und nicht-tendenziös die Fakten zu prüfen, die vor mir liegen.

Also holte ich tief Atem und zog das Dokument zu mir, um es näher zu betrachten. Gewiss, es schien ein Original zu sein, keine Kopie oder ein Faksimile. Der blaue Datumsstempel in der rechten oberen Ecke des jeweiligen Blattes machte einen authentischen Eindruck. Das Landesarchiv hatte das Dokument immerhin für real befunden. Auch die Unterschrift ganz unten schien echt zu sein, selbst wenn sie nur ein Krakel war.

Mein Herzschlag beschleunigte sich. Ruhe — sagte ich zu mir selbst. Analytisch vorgehen! Vielleicht hatte jemand sich hier mit Science Fiction befasst und die Sache aus Versehen zurückgelassen. Doch wenn das der Fall gewesen wäre, wäre die Person bestimmt zum Archiv zurückgekehrt, um die wertvollen Dokumente wieder an sich zu nehmen.

Die andere Möglichkeit war, dass es sich um einen Witz handelte, und das war wahrscheinlicher. Ein Forscherkollege, der sich auf Kosten seiner Kollegen oder Kolleginnen einen Scherz erlaubt hatte. Aber das konnte ich schnell ausschließen. Denn würde jemand wirklich solch eine lange historische Darstellung aufschreiben, nur für einen Scherz? Immerhin handelte es sich, so meine Überschlagsrechnung, um mehr als zweihundert Sei-

ten. Diese Hefte zu fälschen wäre eine gewaltige und äußerst schwierige Aufgabe gewesen. Und es wäre außerordentlich peinlich gewesen, wenn dies als Fälschung entdeckt worden wäre. Es gab also nur eine Möglichkeit. Dass sie echt waren.

Das war natürlich undenkbar. Absurd. Selbst wenn dies die wirkliche Geschichte war, die jemand in der Zukunft aufgeschrieben hat — wie sollte das Material dann zurück ins Jahr 2020 gelangt sein? Natürlich hatte ich schon von Zeitreisen gehört und Artikel gelesen über Wurmlöcher und Unregelmäßigkeiten im Raum-Zeit-Kontinuum. Aber das war doch eher Stoff für Romane und Filme. Gute Unterhaltung, aber Unsinn für einen Wissenschaftler wie mich.

Und doch. Was, wenn es tatsächlich echt wäre?

Ich sammelte alle anderen Dokumente ein, die ich vor mir hatte, steckte sie wieder in die Pappschachteln und schloss die Deckel. Ich hatte nichts weiter vor an diesem Tag. Ich würde diese Hefte lesen, und zwar sorgfältig.

Die Aufgabe, die ich mir stellte, war diese: Wenn ich noch bei der letzten Seite glauben würde, dass diese Artefakte — ich muss gestehen, dass ich den Heften bereits einen solchen respektvollen Namen gab — eher real als dies nicht waren, musste das für mich als Wissenschaftler bedeuten, dass die Hefte tatsächlich die Geschichte der Zukunft beinhalteten.

Ich schlug die erste Seite auf und begann zu lesen. Und zu meiner vollkommenen Überraschung — es war vielmehr ein regelrechter Schock — begann ich, je mehr ich las, alles umso glaubhafter zu finden. Bald schon bemerkte ich zahlreiche Lücken in dem Bericht.
Ganze Jahre waren ausgelassen.

Ich stellte weiterhin fest, dass die „Interviewerin" und die „Historikerin", wenn das die richtige Bezeichnung für beide ist, sich jeweils auf ein oder höchstens zwei Ereignisse in jedem Jahr konzentrierten. Hierfür gab es keine Erklärung.

Hier sind sie also. Ich gebe die Hefte so wieder, wie ich sie gefunden habe, außerdem verschiedene Artefakte, die zwischen den Seiten eingelegt waren. Die Texte beginnen mit einer Einleitung der „Interviewerin". Ich habe keinen Versuch unternommen, den Text zu redigieren. Ich habe den Dokumenten nichts hinzugefügt und habe nichts gestrichen. Ich glaube, es ist das Beste, wenn ich diesen bemerkenswerten Bericht mit all seinen Unvollkommenheiten und Leerstellen so der Öffentlichkeit zur Verfügung stelle, wie ich ihn entdeckt habe. Was seine Authentizität anbetrifft, überlasse ich das Urteil Ihnen, liebe Leserinnen und liebe Leser.*

Thomas Harding

Januar 2020

* Zum besseren Verständnis habe ich ans Ende des Berichts ein kleines von mir zusammengestelltes Glossar angefügt

Geschichtsschreibung der Jahre 2020 bis 2050

Nach Großma Nancy

Aufgezeichnet
von Billy Schmidt
1. bis 15. Juni 2050

HISTORY OF THE years
2020-50
according to Gran Nancy
RECORDED BY BILLY SCHMIDT
BETWEEN 1 & 15 JUNE 2050

Über mich

Meine Großma Nancy sagt, jede Geschichtsdarstellung ist persönlich. Dem stimme ich zu. Geschichte ist etwas Reales, sie macht etwas mit den Menschen, und wenn man sorgfältig hinguckt, kann man ihre Spuren im Alltagsleben der Menschen verfolgen.

Natürlich ist es spannend zu lesen, wie und warum Kriege ausbrechen und enden, warum dieser König oder jene Königin ihren Thron verloren hat, wie ein großartiger Wissenschaftler eine großartige Maschine erfunden hat oder eine Künstlerin eine völlig neue Ausdrucksform. Für mich ist aber das Alltagsleben genauso interessant. Vielleicht sogar noch interessanter. Was haben die Menschen gegessen und getrunken? Was hatten sie an? Womit haben sie ihre Zeit verbracht? Worüber haben sie gesprochen? Vor wem oder was hatten sie Angst? Wen haben sie geliebt? Was hat sie veranlasst, morgens aufzustehen?

Und im Geist solch einer persönlichen Geschichtsschreibung … hier ein bisschen über mich:

Ich heiße Billy Schmidt. Ich bin vierzehn Jahre und elf Monate alt. Ich lebe mit meinen Eltern, meinen zwei älteren Schwestern und meiner Großma Nancy in London. Unsere Wohnung ist klein, aber groß genug für uns sechs. Wir leben mit 25 000 Nachbarn in einem City Tower. Hier gibt es auf kurze Entfernung alles Lebenswichtige: Läden, ein Fitnessstudio und einen Marktplatz. Alles wird zu hundert Prozent recycelt.

Und das ist mein typischer Tagesablauf: Ich wache morgens um neun Uhr von dem Geräusch von Cook930 auf, der das Frühstück zubereitet. Meistens esse ich etwas Obst (aus einem lokalen Super-Treibhaus) und einen Carb-Riegel (Reis oder Soja). Die Schule beginnt um zehn Uhr. Ich kann gar nicht glauben, dass meine Eltern um acht Uhr morgens oder noch früher zur Schule mussten. Mein Gehirn beginnt erst um zehn langsam zu funktionieren.

Das Mittagsessen zu Hause wird wieder von Cook930 zubereitet (Salat im Sommer, Suppe im Winter). Nach dem Mittagessen erledige ich meine Gemeindearbeit. Zur Zeit bedeutet das, dass ich Kindern unserer Grundschule Geschichten vorlese. Natürlich wird der meiste Unterricht von einem Robotlehrer gegeben, was den Vorteil hat, dass er für jeden Schüler den individualisierten Lehrstoff bereithält. Aber Menschen können natürlich etwas vermitteln, was Roboter nicht können. Humor zum Beispiel. Oder Körperkontakt. Ich bin gern bei den kleinen Kindern. Ich kann mir vorstellen, dass ich später in der Erziehungsverwaltung arbeiten werde. Aber bis dahin sind es noch viele Jahre. Zuerst muss ich meine Schulpflichtjahre absolvieren, und danach noch drei Jahre Sozialdienst. Dann werde ich schon siebenundzwanzig Jahre alt sein.

Nach der Schule gehe ich mit meinen Freund:innen ins Fitnessstudio. Mein Lieblingstag ist der Mittwoch, denn dann steht das Fahrrad, das mir zugewiesen worden ist, vor einem Fenster, und ich kann das Biodiversitätsgebiet vor der Stadt sehen. Gerne gehen wir auch in das City-Tower-Kino.

Am Abend esse ich mit meiner Familie in der Volkskantine. Sie ist nicht weit von unserer Wohnung. Wenn ich mich genügend bewegt habe, gönne ich mir einen Nachtisch. Am liebsten mag ich eines der neuen Insta-Eiscremes. Die gibt es erst seit letztem Jahr, und was ich gut finde, ist, dass ich Geschmack, Textur und Form selbst gestalten kann. (Gestern Abend sah mein Insta-Eis aus wie mein Cousin. Ich musste lachen, als ich ihm die Nase abgebissen habe.) Gegen elf Uhr sind wir gewöhnlich wieder zu Hause.

Ich gucke mir dann vielleicht eine Stunde lang einen Film an. Jetzt bin ich gerade verrückt nach einer Krimiserie, die in den 2010er

My favourite is to have one of the new Insta-ices. These only became available last year, and I ~~have~~ love that I can design the flavour, texture and shape (last night my Insta-ice looked like my cousin. I laughed when I bit his nose off!)

Jahren spielt, als die Staatsanwaltschaft sich noch auf menschliche Detektive verlassen musste, um Verbrecher zu überführen. Ich muss oft laut losschreien, wenn sie die offenkundigen Beweise nicht sehen. Und wenn die Kriminalbeamt:innen ohne einen forensischen Schutzanzug den Tatort betreten, muss ich laut lachen! Was die sich damals wohl gedacht haben? Natürlich werden sie den Tatort kontaminieren! Ach ja, die gute alte Zeit!

Mein größter Wunsch ist es, bei den *All Stars* Fußball zu spielen. Mein Trainer sagt, ich wäre eigentlich gut genug, aber ich müsste mehr trainieren.

Mein anderer Traum ist zu reisen. Wir können uns nur in den nichtüberfluteten Zonen bewegen, aber es gibt ja noch jede Menge andere attraktive Reiseziele. Doch den City Tower zu verlassen ist teuer. Die Energie, die selbst für eine kurze Reise verbraucht wird, ist sehr groß. Ich spreche natürlich von Straße und Schiene, denn Flugzeuge sind bekanntlich seit 2029, dem Höhepunkt der Klimakatastrophe, wir nennen ihn den SHOCK, verboten. Leider hat noch niemand eine Co_2-freie Technologie für Luftverkehr im großen Stil erfunden, obwohl das immer wieder angekündigt worden ist.

Dieses Jahr wollen wir eine mehrwöchige Reise unternehmen. Eines Tages möchte ich auch einmal die Alpen sehen. Es heißt, da soll es noch einen richtigen Gletscher geben. Den möchte ich unbedingt sehen. Auch die Wildblumen dort sollen großartig sein, behauptet jedenfalls meine Freundin Katia. Vielleicht sollten wir zusammen fahren. Ich werde sie morgen fragen.

Ich bin am 5. Juli 2035 geboren. Meine erste Erinnerung ist, wie ich vier Kerzen auf einem Geburtstagskuchen ausblase. Er stellte eine mittelalterliche Burg dar. Die Zinnen waren aus Schokolade mit orangenem und gelbem Zuckerguss. Ehrlich gesagt weiß ich überhaupt nicht, ob ich mich wirklich daran erinnere oder ob die Erinnerung von einem Foto stammt, das meine Eltern damals gemacht haben. Jedenfalls sehe ich da glücklich aus, mit langen zotteligen Haaren und einem breiten Grinsen auf meinem Gesicht.

Anscheinend habe ich erst mit dreieinhalb sprechen gelernt. Meine Eltern behaupten, ich hätte dann aber umso mehr geredet. Ich bin immer neugierig gewesen, das werden alle bestätigen. Ich bin die Jüngste in der Familie, und eine andere frühe Erinnerung von mir ist die, dass meine Geschwister ständig sagten: „Hör auf mit deinen ewigen Fragen!"

Über mittelalterliche Burgen weiß ich eine Menge. Ich habe alle Bücher gelesen, die ich dazu finden konnte. Ich kann erklären, was der Unterschied zwischen einer Motte (einem – oft künstlichen – Hügel mit Palisadenzaun), einer steinernen Burg (die natürlich aus Steinen gebaut ist) und einer konzentrischen Burg (mit einer Menge innerer Mauern und Höfe) ist. Ich weiß, was die Verteidiger gegen die Angreifer geschleudert haben (flüssiges Pech; muss echt weh getan haben) und was für Dinge die Angreifer benutzt haben (Sturmleitern, Rammböcke und Katapulte). Wusstest du zum Beispiel, dass eine „Zinne" – wie die „Zinke" einer Gabel – etwas mit Lücken dazwischen ist und auch etwas mit Zahn zu tun hat (vielleicht hatten die Leute früher mehr Zahnlücken)? Ich mag alles aus der Vergangenheit. Neben Burgen sind meine Lieblingsthemen: Dinosaurier, die Römer und die Han-Dynastie in China. Besonders interessiert mich, wie Menschen oder Völker jeweils große Macht erlangten und sie dann wieder verloren.

Also ja, die Vergangenheit interessiert mich total. Mein Hobby ist, Geschichtsbücher zu lesen. Meine Eltern behaupten, dass ich, seit ich lesen kann, nie ohne meinen *Library1500-Reader* unterwegs war. Ja, ich habe das Ding geliebt! Ich musste meinen Speicherplatz immer mehr erweitern. Mit acht hatte ich fünf *iShelves*. Als ich zehn war, brauchte ich schon 15, und als ich dreizehn wurde 45. Auf ein iShelf passen 100 Bücher, also eine ganze Menge! Manche Leute löschen, was sie auf ihren iShelves haben, um Platz für neue Bücher zu haben. Doch ich habe alle behalten.

Aber Bücher und alte Filme zu gucken reicht nicht. Besser ist es, Geschichte direkt von denen zu erfahren, die sie selbst erlebt haben. Und aus diesem Grund verbringe ich so viel Zeit wie möglich mit Großma Nancy, solange sie noch genug Kraft dazu hat, und wir plaudern über früher. Wir reden und reden stundenlang, ohne dass ich bemerke, wie die Zeit vergeht. Obgleich sie jetzt in ihrem elften Lebensjahrzehnt ist, ist ihr Gedächtnis noch ausgezeichnet.

Ich hatte beschlossen, Großma Nancy richtig zu interviewen, und angefangen, Aufzeichnungen zu machen. Ich habe schon immer in meinem *All-In-One* Tagebuch geführt, um festzuhalten, was ich jeden Tag tue: was ich lese oder was Wichtiges am Tag passiert ist (falls etwas passiert ist). Aber das jetzt ist etwas anderes. Es geht um Geschichte, und ich möchte, dass die Aufzeichnungen stimmen und gesichert sind. Deshalb hatte ich unserer Handschreiblehrerin von meinem Projekt erzählt, und sie hatte mir freundlicherweise zwei Päckchen mit Heften aus Papier sowie drei Schreibstifte gegeben.

Großma Nancy war sehr zufrieden, als ich ihr das mit den Papierheften erzählte.

„Biografen haben schon immer auf handgeschriebene Briefe und maschinenschriftliche Dokumente zurückgegriffen“, sagte sie. „Ich weiß gar nicht, wie die Historiker demnächst etwas über die Menschen von heute herausfinden wollen, wo sich doch alles nur noch in den Social Media abspielt.“

So macht Großma Nancy das immer: Sie greift irgendein kleines Thema auf und bläst es zu einer Lehre fürs Leben auf. Meistens ist mir das egal, aber manchmal nervt es mich, wie in diesem Fall. Und das habe ich ihr auch gesagt. Sie hat gelächelt, mit den Schultern gezuckt und gemeint: „Du weißt doch, es heißt: ‚Du kannst einem alten Hund keine neuen Kunststücke mehr beibringen.'" Und dann hat sie gesagt, ich solle nicht vergessen, mich bei der Lehrerin zu bedanken. Ich habe nur die Augen verdreht.

Als wir uns dann zum ersten formellen Interview hinsetzten, sagte Großma Nancy auf einmal, dass sie eine Bedingung stellt. Nämlich dass ich alles Wort für Wort „protokolliere". Als ich fragte, was sie mit „protokollieren" meint, schlurfte sie zu einer großen Truhe, öffnete den Deckel, griff hinein und holte ein großes blaues quaderförmiges Ding heraus. Es war offenbar richtig schwer, denn als sie quer durch den Raum zurückschlurfte, mit dem Ding vor der Brust, bewegte sie sich ganz langsam. „Das ist für dich", sagte sie und ließ das Ding in meine Arme fallen. Es war wirklich schwer!

Beim genaueren Hinsehen entdeckte ich, dass der Quader ein riesiger abgewetzter marineblauer Schuber war –, mit einer kleinen Schublade –, der zwei dicke gedruckte Bücher aus der alten Zeit enthielt. Es war ein Lexikon aus Papier, und es war riesig!

Während Großma es sich bequem machte, habe ich schnell in meinem All-In-One nachgeguckt. Offenbar ist das Lexikon 1928 zuerst in zwölf Bänden erschienen, nachdem man über 70 Jahre daran gearbeitet hatte. Es enthält nicht weniger als 414 800 Wörter. Das ist eine ziemliche Menge. Die Leute, die das Wörterbuch gemacht haben, müssen irgendwann eingesehen haben, dass es bei den meisten Menschen keinen Platz für zwölf Bände in ihren Wohnungen gibt, und so wurde es 1971 in zwei Bänden herausgegeben. Damit alle Wörter hineinpassten, mussten die einzelnen Einträge total geschrumpft werden.

Großma Nancys schweres Wörterbuch mit der Schublade für die Lupe im Schuber

Nimm P bis Z, sagte Großma Nancy. Ich schlug „P“ auf, um „Protokoll“ zu finden. Die Buchstaben waren unglaublich klein. Ich habe gute Augen, aber das war einfach nicht lesbar. Großma reichte mir deshalb eine große Lupe, die in der kleinen Schublade oben im Schuber steckte, und ich suchte nach der richtigen Seite.

Protegieren. Protestieren. Prothese. Protokoll.

Im Lexikon steht, dass „Protokoll“ eine formgerechte, exakte Niederschrift bezeichnet. Das Wort kommt vom griechischen Wort protó-kolon, was „vorne angeklebt“ bedeutet und ursprünglich vorne an Buchrollen angeklebte Blätter bezeichnete, auf denen Angaben zur Entstehung des Buchs standen. Im 16. Jahrhundert stand das Wort für den Titel von Rechtsurkunden. Und schließlich bezeichnete es eben formgerechte und möglichst genaue Niederschriften, was ebenso eine gewissenhafte Wiedergabe eines Gesprächs wie auch ein Strafzettel sein kann. Wieder was gelernt.

„Wenn es die Sprache ist, die uns von anderen Tieren unterscheidet“, sagte Großma Nancy, „dann ist dies Buch der Schlüssel zu unserer Spezies. Es ist deins.“

Das ist noch etwas, was Großma Nancy tut: Sie schenkt mir alte Sachen. Und ich mag das. Mein Zimmer ist voll von echt coolem alten Kram. Ich habe eine Schreibmaschine, eine alte Arzttasche (mit einem echten Stethoskop und Operationsbesteck), einen Brieföffner und einen Abakus.

„So“, sagte Großma Nancy, „versprichst du mir jetzt, dass du alles Wort für Wort protokollieren wirst? Auch wenn du langweilig oder nicht gut findest, was ich sage?“

Ich versprach es.

Großma Nancy blickte mich streng an, so, als ob ich das nicht ernst gemeint hätte.

„Ich verspreche es", sagte ich erneut und sah ihr in die Augen. Diesmal meinte ich es wirklich.

Dann sagte Großma Nancy, dass sie mir, während wir die Jahre durchgingen, alle möglichen Dinge geben würde, die sie gesammelt hatte. Briefe, Bilder und andere Erinnerungsstücke. Das fand ich wirklich aufregend. Außer dass Geschichte auch etwas Persönliches ist, habe ich gelernt, dass eine verlässliche Geschichtsschreibung auch Beweisstücke und Anschauungsmaterial braucht.

Als Nächstes fragte sie, über welche Periode der Geschichte ich gern etwas wüsste. Und als ich sagte: über die Zeit, die für mein Leben entscheidend war, schlug sie vor, dass wir fünfzehn Jahre, bevor ich geboren bin, anfangen und fünfzehn Jahre danach weitergehen würden, bis heute.

Dies sind also Großma Nancys Erinnerungen an die vergangenen dreißig Jahre.

2020

Nimmt dein All-in-One jetzt auf?

Okay, fangen wir mit 2020 an. Ein gutes Jahr, um zu beginnen.

2020 habe ich aufgehört, an der Uni regelmäßig Vorlesungen zu halten. Ich war 35 Jahre lang Professorin für Englische Geschichte des 16. Jahrhunderts an der Universität von Cambridge gewesen. Ich habe immer gern gelehrt, aber ich freute mich nun darauf, mehr Zeit für mich zu haben. Außerdem hatte ich gerade den Auftrag bekommen, ein Buch zu schreiben. 2020 war also das Ende eines Lebensabschnitts – entschuldige bitte die abgedroschene Floskel – und der Beginn eines neuen.

Ich habe das Geld vom Vorschuss für das Buch genutzt, um mir ein neues Auto zu kaufen. Es war mein erster fahrerloser Wagen. Und es war toll! Er konnte ganz allein einparken. Er konnte selbständig die Spur wechseln. Bei einer Fahrt machte es mir so viel Spaß, in den fahrerlosen Modus zu wechseln, dass der Wagen mich ermahnte. „Legen Sie bitte Ihre Hände auf das Lenkrad!", rief er, und für die nächsten 500 Kilometer durfte ich die „Fahrerlos"-Funktion nicht mehr nutzen.

Erst ein Jahr zuvor war der erste Mensch von einem fahrerlosen Auto getötet worden. Das war sehr traurig, und es zeigte, dass der Weg in eine automatisierte Zukunft nicht gefahrlos war.

2020 war auch das Jahr, in dem uns zum ersten Mal mitgeteilt wurde, dass es zu spät war, die Erderwärmung aufzuhalten. Wir hatten eine rote Linie überschritten. Ein erheblicher Klimawandel würde eintreten, egal, was wir unternahmen. Aber wir hatten eine Wahl. Wenn wir die Lebensweise unserer Gesellschaft radikal änderten, und zwar schnell, würden die Auswirkungen der Klimaveränderung begrenzt werden können. Wir würden sie noch stark spüren, aber wir könnten einigermaßen damit zurechtkommen. Wenn wir nichts unternähmen und alle düsteren Warnungen ignorierten, würden die Konsequenzen katastrophal sein: Anstieg des Meeresspiegels. Überflutungen. Seuchen. Massenhaftes Artensterben. Ernteausfälle. Hurricans und Tornados. Das Leben, so wie wir es kannten, würde es nicht mehr geben. Für unsere Zukunft, so hieß es, gäbe es dann keine Hoffnung.

Wir hatten also die Wahl zwischen einer schlechten Zukunft und einer wirklich schlechten Zukunft.

Ich kann mich gut an diese Zeit erinnern, weil ich hart gearbeitet habe, an meinem Buch über die Klimapolitik. Bis in die Nacht habe ich die neuesten wissenschaftlichen Arbeiten gelesen. Über Zeitgeschichte zu schreiben ist nicht einfach, weil es eigentlich eines größeren Abstands bedarf, um die Dinge im richtigen Zusammenhang zu sehen. Wenn ich die Nachrichten las, achtete ich zuerst darauf, ob es irgendetwas zum Klima gab. Dann las ich die Fußballergebnisse. Ich hatte kaum Zeit, mich mit irgendetwas anderem genauer zu befassen.

Ich erinnere mich noch an ein paar andere Ereignisse. Bei uns war gerade ein „royal baby" geboren worden, und fast überall war ein Film, in dem Superhelden in Monstergröße gegen Aliens kämpften, ein Riesenerfolg. Ich glaube, damals war es auch das erste Mal, dass eine Privatfirma eine Rakete zur internationalen Weltraumstation schickte. Unser Land, das früher Vereinigtes Königreich hieß, trat aus der Europäischen Union aus. Ein Handelskrieg zwischen den Supermächten China und USA brach aus. Das schien damals sehr wichtig zu sein, aber eigentlich ging es nur darum, sich in das Unvermeidliche zu fügen. China wurde zur wirtschaftlichen Weltmacht, musste dafür aber zulassen, dass ausländische Firmen sich einigermaßen frei im Land bewegen konnten. Und natürlich taten die Chinesen das bei den anderen auch.

Damals erschienen uns all diese Ereignisse als sehr folgenreich. Heute, in der Rückschau, muss man feststellen, dass all diese Ereignisse keine großen Folgen hatten, und dass sich kaum jemand an sie erinnert. Sie sind das Strandgut der Zeit. Für mich als Historikerin ist es wichtig herauszufinden, was wirklich bedeutend war, im Unterschied zu dem, was seinerzeit die meiste Aufmerksamkeit erregt hat. Manchmal, so heißt es, sieht man den Wald vor lauter Bäumen nicht. Wir aber müssen den einzelnen Baum ebenso wie den gesamten Wald betrachten.

NOTE 1

I've decided to make some notes as we go. To add my comments and anything interesting I find along the way.

I had no idea that Gran Nancy was a history professor. To me she has always been 'Gran', who read us stories when we were young, helps with the household chores. Always around.

Nor did I know that driverless cars were not around for most of Gran Nancy's life. The story about the space station was cool, though I can't believe that space missions were launched from the Earth in the old days.

Notiz Nr. 1

Ich habe beschlossen, mir einige persönliche Notizen zu machen, meine eigenen Kommentare und alles mögliche Interessante, das mir dazu einfällt.

Ich wusste überhaupt nicht, dass Großma Nancy Geschichtsprofessorin war. Für mich war sie einfach die „Großma", die uns Geschichten vorlas, als wir klein waren, und bei den Haushaltsarbeiten half. Sie war einfach immer da.

Auch wusste ich nicht, dass es in der längsten Zeit von Großma Nancys Leben gar keine fahrerlosen Autos gab. Die Geschichte von der Raumstation fand ich cool, obwohl ich gar nicht glauben kann, dass Weltraummissionen damals noch von der Erde losgeschickt wurden. Es ist doch völlig einleuchtend, dass sie besser von der MoonBase1 aus starten.

Und was sie über den Klimakrise erzählt hat, war wieder typisch Großma Nancy. Sie redet dauernd vom Ende der Welt und davon, wie das Leben besser war, als sie noch ein Kind war. Ich habe mir angewöhnt, in solchen Augenblicken nur so zu tun, als würde ich zuhören, aber ich höre nicht wirklich zu.

Ich muss Großma daran erinnern, dass ich von historischen Ereignissen hören und mich nur mit Fakten beschäftigen möchte.

2021

Ich halte mich an die Fakten!

Unter allen Aufgeregtheiten in den Medien der damaligen Tage gibt es ein wichtiges Ereignis, das ich für das Jahr 2021 festhalten möchte: nämlich dass in großem Maßstab in die Entwicklung von Quantencomputern investiert wurde.

Diese Nachricht wurde damals nur am Rande wahrgenommen. Doch wenn ich drei Jahrzehnte zurückblicke, war dies ein entscheidender Augenblick. Er hat dazu geführt, die Welt zu verändern. Die Wissenschaft hatte seit Jahren nach einer Methode gesucht, um die Rechengeschwindigkeit von Computern signifikant zu erhöhen. Bei uns in Cambridge gab es eines der dabei am weitesten fortgeschrittenen Forschungszentren. Ich kannte einige der führenden Forscher, und durch sie habe ich erfahren, was für eine bemerkenswerte Arbeit an meiner Universität geleistet wurde, eine Arbeit, die vieles Gewohnte auf den Kopf stellen sollte.

Die wissenschaftliche Grundlage der neuen Technologie ist nicht so leicht zu begreifen, und das ist einer der Gründe dafür, dass die Medien ihr keinen größeren Wert beigemessen haben.

Ich habe eine meiner Freundinnen gebeten, mir die Sache zu erklären. Soweit ich mich daran erinnern kann, sagte sie ungefähr Folgendes:

Theoretisch kann ein Quantencomputer einen Algorithmus hundert Millionen Mal so schnell ausführen wie ein herkömmlicher Computer-Chip. Herkömmliche Computer haben sich bisher auf das Rechnen mit binären Werten, also null (an) oder eins (aus) gestützt. Ein Quantencomputer ist dagegen nicht auf diese Entweder-Oder-Denkweise beschränkt. Sein Datenspeicher besteht aus Quantenbits oder einfach qubits. Und qubits funktionieren „sowohl als auch", das heißt, sie können sich in „Superposition" zu allen möglichen Verbindungen von Nullen und Einsen befinden; sie können in all diesen Zuständen gleichzeitig sein. Dank dieses und eines weiteren Grundkonzepts der Quantentheorie, nämlich der „Verschränkung" – das heißt, dass weit voneinander entfernte Teilchen dieselben Eigenschaften haben können – ist ein Quantencomputer vielfach leistungsfähiger als ein herkömmlicher Computer.

Google hatte schon 2019 behauptet, sie hätten die „Quantenüberlegenheit" erreicht, also den Moment, in dem ein Quantencomputer eine Aufgabe lösen konnte, vor der ein herkömmlicher Computer kapitulierte. Aber danach ging es erst richtig los. In den darauffolgenden Monaten und Jahren flossen gewaltige Investitionen in das Quantencomputing. Meine Freundin sagte mir, dass es nur eine Frage der Zeit wäre, bis wir die Auswirkungen auf unser tägliches Leben bemerken würden.

Sie hatte recht. Der Quantencomputer sollte eine Schlüsseltechnologie für die nächsten drei Jahrzehnte werden.

Es existierten nur ein paar wenige Quantencomputer weltweit. Sie sind einfach zu teuer zu bauen und verbrauchen unglaubliche Mengen an Energie. Doch diese wenigen außerordentlichen Maschinen haben die Welt verändert. Eine Anwendung hat die Welt der Medizin dabei unterstützt, das Zusammenspiel von Atomen und Molekülen im menschlichen Körper zu enträtseln und neue Behandlungsmethoden zu erfinden. Weiterhin dienten Quantencomputer zur Verbesserung von Wettervorhersagen – denn die waren bekanntlich wegen der vielen zu berücksichtigenden Variablen immer schwierig. Gerade für die vom SHOCK besonders betroffenen Gegenden ist die genaue Wettervorhersage lebenswichtig geworden.

Es heißt auch, dass diese Supercomputer von der Regierung dazu genutzt werden, alle Aktivitäten in den Interwebs zu überwachen. Sie können so gut wie alle Databases von Bildern, Texten und Audios finden, live und im Archiv. Wenn das stimmt, habe ich kein Problem damit. Wie mein Mann, Jack, dein Großpa, zu sagen pflegte: Die Einzigen, die etwas zu befürchten haben, sind die, die etwas zu verbergen haben.

Am wichtigsten aber war, dass der Quantencomputer die Voraussetzung für den Aufstieg der *Ethnarchen* war. Diese Wirtschaftsführer wussten dank der enormen Leistungsfähigkeiten ihrer zentralen Computer so gut wie alles über uns: was wir aßen, was wir tranken, was wir uns gerne ansahen, was wir in unserer Freizeit am liebsten unternahmen, wer unsere Freunde waren und was für uns wichtig war, unsere Träume, unsere Ängste, unsere Geheimnisse.

Und mithilfe dieser Informationen, dieser Megadaten, haben sie uns jeweils genau das beschert, was wir wollten, manchmal sogar bevor wir wussten, was das war. Und sie haben uns geschickt eine Menge Produkte zu erschwinglichen Preisen verkauft. Was wir hervorragend fanden.

Sie haben uns Politiker gegeben, die versprachen, die Probleme zu lösen, die uns jeweils beschäftigten. Und wenn diese Politiker versagten, bekamen wir an ihrer Stelle andere. In dieser Zeit wurden die Ethnarchen immer mächtiger. Und der Abgrund zwischen ihnen (den paar Ethnarchen) und uns (dem Rest der Menschheit) wurde riesig, unüberbrückbar und dauerhaft.

Doch das – und das meine ich ganz ehrlich – war mir egal. Denn wir hatten ein besseres und sichereres Leben und mehr Spaß.

Notiz Nr. 2

Es ist irre, wenn Großma Nancy über Technologie redet. Für mich sind Quantencomputer natürlich etwas ganz Normales. In unserer Schule haben wir zwar keinen, aber die meisten großen Firmen haben einen, und selbstverständlich der Staat. Sie redet darüber, als wären es von Zauberern entworfene magische Instrumente. Aber letztlich sind es doch nur Maschinen. Menschen haben sie gemacht. Also brauchen wir sie nicht zu fürchten.

Die Ethnarchen. Ich weiß viel über sie. Sie sind die Besitzer der größten Unternehmen der Welt. Sie sind es, die bestimmen, wo es langgeht. Aber es ärgert mich total, dass ich nicht wusste, dass sie erst durch die Quantencomputer an die Macht gekommen sind. Ich frage mich, was ich noch alles nicht weiß. Welche Puzzleteile mir noch fehlen.

Nach unserem Gespräch heute hat mir Großma Nancy einen Artikel aus einer alten Zeitung gegeben, *The Guardian*, aus dem Jahr 2018. Er ist auf richtigem Papier gedruckt, cool! Natürlich habe ich von Zeitungen schon gehört, und dass sie aus Papier waren, aber ich hatte so etwas noch nie in der Hand gehabt. Es fühlt sich ganz weich an. Ist ganz anders, als Wörter auf einem Bildschirm zu lesen. Seltsam unveränderlich. Ich kann mir gar nicht vorstellen, Wörter zu drucken und sie dann nicht mehr ändern zu können, wenn sie erst einmal draußen in der Welt sind. Was für eine Verantwortung! Gruselig! Aber auch sinnvoll, weil die Information nicht gelöscht werden kann. Ich habe den Artikel gelesen und war echt betroffen. Man hat mir immer gesagt, dass der SHOCK unvermeidlich war, dass er zur „natürlichen Ordnung“ gehört. Dass es lange Kälteperioden gab, wie meine Lehrer erklärt haben, und dass wir uns nun in einer Warmzeit befänden. War das falsch?

Ich bin zur Bibliothek gegangen, um nachzusehen, ob es noch mehr Zeitungen gibt, die den SHOCK vorausgesagt haben. Am Ausleihtresen zeige ich der Bibliothekarin Großmas Artikel. Sie wirft einen kurzen Blick darauf und verschwindet durch eine Schwingtür. Sie ist dann lange weg. Als ich finde, dass ich lange genug gewartet habe, schleiche ich mich hinter den Tresen und werfe einen Blick durch das Fenster in der Schwingtür. Zu meiner Überraschung sucht die Bibliothekarin nicht in irgendwelchen Katalogen herum, sondern spricht mit jemandem am Telefon. Bevor sie mich sehen kann, verziehe ich mich wieder auf die richtige Seite des Tresens.

Als die Bibliothekarin schließlich zurückkommt, sagt sie, dass keine der Zeitungen, die sie hier haben, vom SHOCK geschrieben hat, bevor er eingetreten ist. Ich frage sie, ob irgendwelche anderen Archive die fehlenden Artikel haben könnten. Ihr Blick wird auf einmal ängstlich, dann stammelt sie: „Diese Artikel fehlen nicht; sie haben nie existiert." Danach fragt sie mich, woher ich Großmas Artikel hätte. Ich murmele etwas in der Art, dass ich den Artikel in einem leerstehenden Haus im Wald in der Nähe unseres City Towers gefunden habe, und gehe dann, bevor sie noch mehr Fragen stellen kann.

Das alles ist so schnell passiert, dass mir erst, als ich die Bibliothek verlasse, auffällt, dass ich meinen Namen nicht genannt habe. Das war wohl ein glücklicher Zufall. Auf dem Weg nach Hause rasten die Gedanken durch meinen Kopf. Jemand musste die Artikel aus den Archiven beseitigt haben. Könnte es sein, dass die Ethnarchen die Tatsache zu vertuschen versuchten, dass sie und ihre Unternehmen nicht genug getan hatten, um den SHOCK zu verhindern?

Ich muss Großma Nancy bei unserer nächsten Sitzung danach fragen. Und ob es eine Alternative gegeben hätte.

The Guardian
Monday
8 October 2018
Issue №53534
£2.00

WE HAVE 12 YEARS TO LIMIT CLIMATE CHANGE CATASTROPHE, WARNS UN

Jonathan Watts
Global environment editor

In a stark new warning, the world's leading climate scientists have said that global warming must be kept to a maximum of 1.5C to lessen the risks of drought, floods, extreme heat and poverty for hundreds of millions of people.

The authors of the landmark report by the UN Intergovernmental Panel on Climate Change released today say urgent and unprecedented changes are needed to reach this target, which is affordable and feasible although it lies at the most ambitious end of the Paris agreement's pledge to keep temperature rises between 1.5C and 2C.

The half-degree difference could also prevent corals from being completely eradicated and ease pressure on the Arctic, according to the 1.5C study, which was launched in Incheon, South Korea, after approval at a final plenary of all 195 countries that saw delegates hugging one another, with some in tears.

Inside
'If we act decisively, and innovate and invest wisely, we could avoid the worst impacts of climate change'
Nicholas Stern *Page 13*

"It's a line in the sand and what it says to our species is that this is the moment and we must act now," said Debra Roberts, a co-chair of the working group on impacts. "This is the largest clarion bell from the science community and I hope it mobilises people and dents the mood of complacency."

Huge obstacles remain. Policy makers commissioned the report at the Paris climate talks in 2016, but since then the gap between science and politics has widened. Donald Trump has promised to withdraw the US - the world's biggest source of historical emissions - from the accord.

The world is currently 1C warmer than pre-industrial levels. Following devastating 12 →

The Guardian, 8. OKTOBER 2018

Wir haben 12 Jahre um die Klimakatastrophe zu bremsen, warnt die UN

In einer dramatischen Warnung haben die führenden Klimawissenschaftler der Welt erklärt, dass die Erderwärmung auf höchstens 1,5 °C begrenzt werden muss, um das Risiko von Dürren, Überflutungen, extremer Hitze und Armut für Hunderte Millionen Menschen zu reduzieren.

Die Autoren des heute veröffentlichten historischen Berichts des Internationalen Klimawandel-Ausschusses der Vereinten Nationen (IPCC) sagen, dass schnelle Veränderungen in einem noch nicht dagewesenen Umfang nötig seien, um dieses Ziel zu erreichen. Es sei jedoch finanzierbar und machbar, obwohl es am ambitionierteren Ende des Pariser Klimaabkommens liege, das den Temperaturanstieg auf 1,5 bis 2 Grad begrenzen soll.

Der Unterschied um ein halbes Grad könnte dieser 1,5-Grad-Studie zufolge verhindern, dass die Korallen gänzlich aussterben, und den Druck auf die Arktis vermindern. Der Bericht wurde veröffentlicht, nachdem das Schlussplenum aller 195 in Incheon in Südkorea versammelten Nationen ihm zugestimmt hatten. Viele Delegierte lagen sich dabei in den Armen, manche hatten Tränen in den Augen.

„Es ist eine Grenzlinie gezogen worden, und was sie für unsere Spezies bedeutet, ist, dass dies der Augenblick ist, an dem wir handeln müssen“, sagte Debra Roberts, Mitvorsitzende der Arbeitsgruppe, über die Auswirkungen des Klimawandels. „Dies ist das denkbar größte Warnsignal der wissenschaftlichen Gemeinschaft, und ich hoffe, es mobilisiert die Menschen und wirkt gegen die herrschende Gleichgültigkeit.“

Es bleiben große Hindernisse zu überwinden. Die Politiker hatten den Bericht während der Klimagespräche in Paris 2016 in Auftrag gegeben, doch seitdem sind die Differenzen zwischen Wissenschaft und Politik größer geworden. Donald Trump hat angekündigt, die USA - die größte Emissionsquelle der Weltgeschichte - von dem Abkommen zurückzuziehen.

Die Welt ist heute bereits 1 °C wärmer als in vorindustriellen Zeiten. In der Folge der verheerenden ... *weiter auf S. 12*

2022

Es gab eine Alternative.

Wir hätten die schrecklichsten Auswirkungen des Klimawandels vermeiden können, wenn wir unsere Lebensweise wirklich geändert hätten. Wir hätten erhebliche Opfer bringen müssen. Und wir hätten unsere Differenzen beiseitelassen und unsere Bemühungen bündeln müssen, um eine andere Gesellschaft zu bauen. Es hätte große Anstrengungen von uns allen erfordert: Politikern, Geschäftsleuten, Verbrauchern.

Zum ersten Mal war eine klare Entscheidung verlangt, jedenfalls für die, die bereit waren zuzuhören. Wir hatten die Wahl zwischen schlecht und katastrophal.

Das Schockierende ist, dass die Welt trotz der deutlichen Warnung, trotz der unvermeidlichen Folgen von Nichtstun, trotz der offensichtlichen Notwendigkeit, den Kurs zu ändern, einfach weitermachte.

Obwohl das schon fast dreißig Jahre her ist, staune ich immer noch, wie deutlich damals alles zu sehen gewesen wäre, wenn die Menschen nur hingeguckt hätten. Klar gab es einige wenige, die die Schrift an der Wand gesehen hatten – aber wie gesagt, es waren nur wenige. Die große Mehrheit lebte ihr Leben weiter wie gehabt, so, als habe das keine Folgen. Wenn sie sich überhaupt über etwas Gedanken machten, waren das die Tagesprobleme. Die des Hier und

Jetzt. Wer Präsident:in, Premierminister:in oder Kanzler:in würde. Welches Team die nächste Trophäe erringen würde. Ob SUVs höher besteuert werden dürften. Welche Celebrity heiratete oder dem Publikum ein Produkt empfahl, von dem es bis dahin noch nicht wusste, wie dringend es dies brauchte.

Die Bedrohungen lagen entweder noch zu viele Jahre in der Zukunft oder waren einfach zu schrecklich, als dass man sich mit ihnen befassen wollte. Den Alten war alles gleich, weil sie ja die unvermeidlichen Folgen ihres Handelns nicht mehr erleben würden, und die Jungen waren zu sehr damit beschäftigt, Tag für Tag das meiste aus ihrem Leben herauszuholen. Und niemand wollte belehrt werden. Zukunftssorgen bezeichneten die meisten als „Angstmache" und verdrängten alle Gedanken an eine mögliche künftige Krise.

Natürlich gab es auch andere. Manche änderten ihre Alltagsgewohnheiten. Sie fuhren Elektroautos, recycelten ihre Haushaltsabfälle, sorgten für bessere Wärmeisolation ihrer Häuser, flogen weniger und aßen vor allem Gemüse und Obst. Und es gab Kampagnen, die die Regierungen zwingen wollten, ernsthaft etwas gegen den Klimawandel zu unternehmen. Die meisten, die da mitmachten, waren jung, Teenager oder Anfang zwanzig.

Ich habe selbst auch an diesen Protesten teilgenommen.

Einmal, es war wohl das Jahr 2018, wollte ich in London zur British Library und fand meinen Weg durch eine Demonstration auf der Waterloo Bridge blockiert. Ich war gar nicht empört darüber. Im Gegenteil, ich fand das gut, ich unterstützte diese Aktionen. Unter den jungen Menschen dort entdeckte ich auch deinen Onkel Quentin, er nahm oft an solchen Protesten teil.

Doch die große, große Mehrheit der Menschen auf unserem Planeten unternahm gar nichts. Sie änderten ihr Leben kein bisschen.

Und das war die falsche Entscheidung. Aber zurück zur Geschichte. Wo waren wir? Ja, natürlich, im Jahr 2022.

2022 war ein Regenbogenjahr. Wie ein Sturm, der sich in Sonnenschein und Frieden verwandelte. Das mag sentimental klingen, aber ich glaube, es stimmt. Aus heutiger Sicht war die dramatische Entwicklung vielleicht gar nicht erstaunlich. Damals aber war dieser Ausbruch von Gewalt ein Schock. Gewalt ist vielleicht sogar ein zu harmloses Wort. Vielleicht sollten wir besser von dem reden, was es wirklich war – ein Blutbad. Manchmal muss etwas im richtigen Augenblick geschehen, damit es die Geschichte ändert. Dieser Augenblick war der Aufstand in einem der berüchtigsten Gefängnisse der USA. Den Namen habe ich vergessen, aber der spielt auch keine Rolle.

Ich habe zuerst in den Interwebs darüber erfahren. Das Gefängnis war eines der größten der Welt. Die meisten Insassen warteten auf ihren Prozess, waren also noch gar nicht verurteilt. Die Haftbedingungen waren furchtbar. Schlägereien und Messerstechereien waren Alltag, und allmonatlich wurde jemand ermordet.

Der Aufstand begann in der Kantine, so, wie das oft der Fall ist. Woran er sich genau entzündete, ist im Laufe der Zeit verloren gegangen, jedenfalls herrschte in dem Raum binnen Minuten das totale Chaos. Mehr als zehn Wärter wurden brutal angegriffen, und mehr als hundert Gefangene wurden schwer verletzt. Das halbe Gefängnis brannte. Den Aufständischen ging es zunächst darum, so sagten sie, darauf aufmerksam zu machen, dass die Gefängnisse völlig überbelegt waren. Dem konnte man nur schwer widersprechen, denn das Gefängnis war für 5000 Männer gebaut, und es war nicht ungewöhnlich, dass dort gleichzeitig 10 000 Männer festgehalten wurden.

Und bald sprachen die Aufständischen auch über andere Dinge. Das schreckliche Essen. Die Gewalt im Gefängnis. Die Drogen und der Missbrauch, den die Wärter damit trieben. Das Fehlen jeglicher Privatsphäre. Depressionen. Der Rassismus des Justizsystems – in den USA war es zehnmal wahrscheinlicher, dass ein Schwarzer für einen Rechtsbruch verhaftet wurde als ein Weißer. Doch das Schlimmste war die Hoffnungslosigkeit. Denn die meisten unter den Gefangenen würden sich nach ihrer Freilassung bald wieder in diesem oder einem ähnlichen Gefängnis befinden, da sie sich ein für allemal in der Drehtür des Gefängnissystems befanden.

Ungewöhnlich war, dass dieser Gefängnisaufstand sich auf andere Einrichtungen im ganzen Land ausbreitete. Wenn ein Gefängnis wieder unter Kontrolle war, brach in einem anderen das Chaos aus. Offenbar inspirierte eine Revolte die nächste. Wie bei einer Straßenrevolte, bei der zu Beginn nur ein paar Leute Steine werfen und Läden plündern. Dann kommen andere hinzu, sehen, was möglich ist, und bald ist ein gefährlicher Mob entstanden. In den nächsten fünf Jahren befanden sich fünfundvierzig Gefängnisse, Zuchthäuser und Haftlager in der Hand der Gefangenen.

Als das Gefängnissystem schließlich wieder unter Kontrolle der Behörden war – und nachdem wir, die Öffentlichkeit, jahrelang schreckliche Szenen von Zerstörungswut und brutalen Kämpfen der Aufständischen in den eigenen Newsfeeds gesehen hatten –, gab es einen allgemeinen Aufschrei, einen Ruf nach einer Gefängnisreform.

Zur Zeit der Aufstände hatten die Vereinigten Staaten die höchste Gefangenenrate weltweit. Während die Bevölkerung der USA nur gut vier Prozent der Weltbevölkerung ausmachte, lebten in amerikanischen Gefängnissen rund 22 Prozent der Gefangenen der Welt. Innerhalb von zehn Jahren wurde das System reformiert. Die Zahl der Gefängnisinsassen sank von 2,3 Millionen auf unter 200 000. Diese Übriggebliebenen waren die wirklich pathologisch gewalttätigen Kriminellen, denen man nicht gern auf der Straße begegnen würde. Die Ersparnisse der öffentlichen Kassen waren gewaltig und wurden in andere staatliche Initiativen investiert, etwa Beschäftigungsprogramme (um den Freigelassenen Arbeit zu geben), aber auch, und das war vielleicht noch wichtiger, in neue Projekte zur Erzeugung sauberer Energie.

Andere Länder folgten dem Vorbild der USA. Die Schweiz, Norwegen, Brasilien, Indien, China. Die Menschen nannten Zuchthäuser und Gefängnisse jetzt „mittelalterlich" oder „sadistisch" und fragten sich, wie sie – als eine zivilisierte Gesellschaft – so viele Menschen einfach wegschließen konnten. War persönliche Freiheit denn kein wesentliches Menschenrecht?

Bis 2035 hatte sich die Bevölkerung der Gefängnisse weltweit halbiert, und sie sollte sich im folgenden Jahrzehnt noch einmal halbieren. Das bedeutete mehr persönliche Freiheit für viele, aber auch – und das war die Voraussetzung dafür – mehr staatliche Kontrolle über uns alle. Überwachungskameras gab es nun an jeder Ecke, und das Monitoring unserer privaten Kommunikation war die Regel. Wie viele andere war ich erstaunt, wie schnell das System revolutioniert worden war. Und ich fand das sehr gut.

Aber – wichtige staatliche Maßnahmen wie diese können sehr wohl auch persönliche Auswirkungen haben, wie wir sehen werden.

Notiz Nr. 3

Noch nie vorher habe ich Großma Nancy von Quentin sprechen hören. Nie! Ich bin jetzt fast fünfzehn Jahre alt, und sie hat noch nie seinen Namen erwähnt. Jedenfalls nicht, wenn ich in der Nähe war.

Eine Träne rann von Großmas Wange herab, als sie von ihm sprach. Sie entschuldigte sich, und ich sagte, dass ich froh wäre, von meinem Onkel zu erfahren. Ich fände es aber etwas seltsam, weil ich nicht einmal wüsste, wie Quentin aussah.

Als ich später in meine Schlafkapsel steige, finde ich ein Foto von Quentin auf meinem Kopfkissen. Auf dem Bild ist er ein Teenager wie ich. Kurze Haare, Jeans und ein kariertes Hemd. Er guckt aufmerksam in die Kamera. Er strahlt Energie aus. Auf einmal wird er wirklich. Plötzlich spüre ich, wie seltsam es ist, dass meine Familie alle Erinnerungen an Quentin verdrängt hat.

Was Großma Nancy über den SHOCK erzählt hat, hat mich ganz verrückt gemacht. Wenn die Menschen doch wussten, was passieren würde, warum haben sie dann nichts unternommen, um es zu verhindern? Ich fange an, mich darüber aufzuregen. Und frage mich, wie das für Großma Nancy zu der Zeit war.

Ich kann mir nur schwer vorstellen, wie es ist, in einem Gefängnis zu leben. Wie kann jemand damit einverstanden sein, dass jemand anderes weggeschlossen wird? Ich finde, das ist völlig falsch. Ich will checken, ob die Bibliothek irgendwelche alten Videos von Gefängnissen und Interviews mit Gefangenen hat.

Diese Unterhaltungen mit Großma Nancy sind interessanter, als ich es in meinen kühnsten Träumen zu hoffen gewagt habe. Ich bin gespannt, worum es in unserer nächsten Sitzung gehen wird.

2025

Sie hatte sich schon lange angekündigt, aber schließlich kam sie. Wovon ich rede? Von der Automatisierung natürlich.

Wir hatten gedacht, sie würde über Jahre langsam nach und nach kommen, sich sozusagen evolutionär ausbreiten. Aber nein, tatsächlich dauerte es nur 36 Monate, um die Art und Weise zu revolutionieren, wie wir arbeiteten. Das Problem war anscheinend nicht die Technologie. Die gab es schon seit Langem. Es ging eigentlich nur darum, inwieweit die Menschen akzeptieren würden, dass Nicht-Menschen menschliche Arbeiten übernahmen. Die Chefs der großen Konzerne und die Politiker mussten sich zusammengesetzt, Umfragen studiert und beschlossen haben, dass wir bereit waren. Und dann regnete es die neuen Maschinen nicht nur; es war ein Wolkenbruch.

Als erste verschwanden die Apotheker. Kurz zuvor noch war ich in die Apotheke gegangen, um ein paar Pillen zu besorgen. Der Apotheker nahm mein Rezept, prüfte, ob alles seine Richtigkeit hatte, und fragte mich, ob ich verstanden habe, wie ich sie einnehmen soll. Beim nächsten Mal in der Apotheke redete ich mit einem Computer. Es war schneller, einfacher und zuverlässiger. Sobald die Verbraucher das akzeptiert hatten – und sie taten es bereitwillig, weil sich dadurch die Kosten über Nacht halbiert hatten –, waren die Schleusen geöffnet.

In den nächsten Monaten schon erlebten wir, wie Maschinen das Essen in Drive-Through-Restaurants aushändigten. Computer gaben Unterricht in Schulen und Universitäten (sehr zur Erleichterung der Schüler:innen und Studierenden, die jetzt ihre Ausbildung auf ihre Bedürfnisse und Interessen zugeschnitten bekamen). Taxis und Lastwagen, Züge und Busse waren auf einmal selbstfahrend. Arbeiter und Arbeiterinnen wie Putzfrauen und Möbelpacker, Hafenarbeiter und Sicherheitsleute, Bankkassiererinnen und Verkäuferinnen wurden nun von einer Armee von Androiden und allen möglichen anderen Robotern in vielen Formen, Farben und Größen ersetzt.

Und was geschah mit all den arbeitslos gewordenen Menschen? Die Mächtigen hatten offenbar schon lange darüber nachgedacht. Kurz bevor den Apotheken erlaubt wurde, künftig Maschinen zu nutzen, verkündete die Regierung, dass jeder Erwachsene das Recht auf eine Wohnung haben würde, auf freie Gesundheitsfürsorge und auf ein sogenanntes Anständiges Grundeinkommen (AGE).

Das AGE war deutlich höher als die alten Hartz-IV- oder Sozialfürsorge-Sätze. Jede Familie erhielt genug, um gut leben zu können. Sie konnte nicht nur das Lebensnotwendige kaufen, sondern sich auch ein wenig einfachen Luxus leisten.

Manche Menschen fragten sich, wie das AGE auf Dauer bezahlt werden könnte. Wo sollte das Geld denn herkommen? Würde das nicht die Wirtschaft zugrunderichten? Doch die Antwort war ganz einfach, wenn man darüber nachdachte. Da so gut wie alle Arbeit von Maschinen erledigt wurde, mussten fast keine Menschen dafür bezahlt werden. Eigentlich hätten die Dinge jetzt nichts mehr zu kosten brauchen. Sie waren ja einfach da, wie der Regen, der vom Himmel fällt. Doch die Menschen wussten noch sehr genau, was Kleider und Medizin und Busfahrten gekostet hatten, als dafür noch menschliche Arbeit gebraucht wurde. Und entsprechend setzte der Staat nun den gleichen Preis fest und nahm den größten Teil davon als Steuer ein. Das war der Reichtum, den der Staat an die Bürger verteilte.

Natürlich musste auch jemand für die Maschinen verantwortlich sein, die produzierten, was wir wollten und brauchten, und für ihre Produktion. Deshalb floss so viel Geld in die Taschen ihrer Besitzer, die jetzt begannen, sich Ethnarchen zu nennen.

Weil das ganze System nur funktionieren konnte, wenn es weltweit in Kraft war, musste es auch überall dieselbe Währung geben. Das Ende der nationalen Währungen war ein Nebeneffekt des AGE.

Ich weiß, heute klingt es verrückt, aber damals hatte fast jedes Land noch seine eigene Währung. Japan hatte den Yen, Kenia den Shilling, Russland den Rubel, Europa den Euro und das Vereinigte Königreich das Pfund. Doch das war jetzt nicht mehr sinnvoll. Wir bekamen eine neue Weltwährung, den sogenannten „Unified Global Dollar“. Diese Welt-Einheitsdollars werden heute, wie du weißt, einfach Globals genannt. Die Einheitswährung erleichterte den Handel zwischen den Ländern sehr. Geld musste nicht mehr an der Grenze getauscht werden. Alles war so viel einfacher geworden!

Und es gab noch eine tiefgreifende Veränderung. Heute zahlen wir ja alles mit unseren All-in-Ones. Doch als ich jünger war, kauften wir mit rechteckigen Papierstücken und kleinen Metallscheiben, sogenannten Münzen. Elektronisches Geld ist sehr viel einfacher zu handhaben. Es ist auch praktischer für die Ethnarchen, die jede einzelne Transaktion mit ihren Quantencomputern nachverfolgen können. Dadurch ist auch die Möglichkeit von Steuerbetrug weggefallen, was bedeutet, dass der Staat mehr Geld ausgeben kann. Ein viel besseres System!

Regierungsplakat 2025

Erkunde

Träume

Entdecke

„Vor dem Anständigen Grundeinkommen ging es mir dreckig. Ich habe rund um die Uhr gearbeitet und versucht, damit zurechtzukommen und meine Familie zu ernähren. Das ist jetzt anders. Dank AGE kann ich mich jetzt in Abendkursen auf die Hochschulreife vorbereiten und habe genug Zeit, um mich um meine Tochter zu kümmern. Ich bin zu einer besseren Version meiner selbst geworden." John Graham, 42, Boston (MA)

Dies ist ein grundlegender Wandel. Zum ersten Mal in der Geschichte der Menschheit ist Wohlstand nicht mehr mit harter aufreibender Arbeit erkauft. Dank dem Anständigen Grundeinkommen haben jetzt alle das Recht, ein spannendes Leben zu führen. Die Welt sehen. Künstler:in sein. Studieren, was man will. Oder einfach das Leben genießen. Aus dem Streben nach Glück wird nun dessen Erfüllung.

Um die Menschen über den Automatisierungsschub zu beruhigen, nahm der Staat viel Geld in die Hand für eine massive Werbekampagne. Täglich sahen wir neue Werbeclips im Fernsehen, hörten neue Werbesprüche im Radio und gingen an bunten Plakatwänden vorbei. Die Botschaft war so einfach wie aufregend: Das Leben würde viel besser sein nach dem, was sie die „Transformation" nannten. Die Kampagne war wirklich lustig. Jede Werbung war anders. Manche zeigten zum Beispiel Celebrities, die erklärten, wie sie jetzt ihre Zeit nutzten. Ein Clip begann damit, dass ein Mann in einem kleinen Raum saß und langweilige Telefonanrufe beantwortete und die ganze Zeit auf seinem Keyboard tippte. Im nächsten Augenblick war er in Taucherausrüstung an einem exotischen Ort zu sehen. Ein anderer Clip zeigte eine Frau, die zuerst in einer Fabrik arbeitete, dann aber in einer Akt-Zeichenklasse aufmerksam einen gutaussehenden Mann betrachtete. Ein drittes zeigte eine Gruppe junger Männer, die zuerst stinkenden Müll sammelten, plötzlich aber sich mit Videospielen eine schöne Zeit machten und dabei Pizza aßen.

Diese Clips waren äußerst geschickt; jeder zeigte eine andere Umgebung, jeder bediente einen anderen Geschmack und zeigte andere Menschen: Junge, Alte, Frauen, Männer, Schwarze, Weiße, Asiaten. Niemand konnte etwas dagegen haben.

In Wahrheit war alles längst nicht so radikal, wie es zunächst gewirkt hatte, denn zur Zeit der sogenannten Transformation arbeiteten die meisten Menschen nicht mehr. Kinder, Jugendliche und junge Erwachsene waren in Ausbildung, und in den meisten Familien gab es zumindest einen Erwachsenen ohne bezahlte Arbeit. Diese Person kümmerte sich meistens um die Kinder oder sorgte für ältere Verwandte oder ging einer ehrenamtlichen Tätigkeit nach. Oder es handelte sich um Langzeitarbeitslose. So gab es zum

Beispiel Städte in Europa, in denen mehr als 40 Prozent der jungen Männer keine Arbeit fanden. Und schließlich waren da die Über-65-Jährigen, die im „Ruhestand" und bereits geübt darin waren, ihren Tag mit Nicht-Arbeits-Aktivitäten zu verbringen.

Was die übrige Bevölkerung betraf – also die 27 bis 65 Jahre alten –, so sperrten sie sich nicht gegen die Transformation. Die meisten waren eher froh, nicht mehr arbeiten zu müssen. Sie verbrachten ihre Zeit nun mit dem, was bisher nur Ruheständler gemacht hatten. Sie spielten Karten oder Tennis oder wanderten oder machten Radtouren mit Freunden. Oder sie guckten Filme und hörten Podcasts. Oder sie frönten ihrem Hobby. Sie reisten und besuchten bekannte Touristenorte. Sie schliefen aus oder gingen früh zu Bett.

Denjenigen, die emotional mit der Transformation nicht zurechtkamen, wurden „Energy Juices" angeboten, die traurige Gedanken verscheuchten. Es gab davon viele Geschmacksrichtungen, die von zahlreichen Firmen produziert wurden. Am beliebtesten war Mellow Yellow, ein leckerer Bananen-Erdbeer-Milkshake.

Natürlich gab es auch die, die ganz und gar gegen die Transformation waren. Manche wollten einfach weiterhin als Angestellte arbeiten. Sie mochten den Tagesrhythmus, morgens zur Arbeit zu gehen und abends nach einem ausgefüllten Arbeitstag heimzukommen. Für sie war es wichtig, mit Kollegen und Kolleginnen zusammen zu sein und nicht alle Zeit mit ihren Familien zu verbringen. Sie mochten das Gefühl, ihre Arbeit gut gemacht zu haben, sie fanden ihre Arbeit anregend und zuweilen sogar wichtig. Sie liebten die Anerkennung, die sie von Kolleg:innen und Geschäftspartnern bekamen. Und natürlich war das Gehalt, das sie bekamen, für sie wichtig, denn es gab ihnen Unabhängigkeit.

Und es gab noch andere, viele, viele andere, die das neue System völlig unfair fanden. Die große Mehrheit der Bewohner des Planeten erhielt nun ein festes Einkommen, das zwar großzügig, aber doch begrenzt war. Und das bedeutete, dass du kaum eine Möglichkeit hattest, den Lebensstandard deiner Familie zu heben, außer du konntest eine Zusatzarbeit finden, und das war sehr schwierig. Aber auch das wäre in Ordnung gewesen, wenn wir uns alle im selben Boot befunden hätten.

Doch das war nicht so. Denn die Ethnarchen, die Eigentümer der großen Konzerne, und ihre Freunde waren wahnsinnig reich geworden. Diese Handvoll Menschen besaß jetzt so viel wie eine Milliarde Menschen zusammen. Manche nannten sie jetzt die „Megas". Mega reich. Mega gesund. Mega gebildet. Mega gut untergebracht. Mega weit gereist. Mega alles.

Und schließlich gab es noch diejenigen, die sich gar nicht mit der Transformation abfinden wollten. Die befürchteten, dass die Menschheit weniger kreativ sein und weniger zu neuen Entdeckungen in Kunst und Wissenschaft in der Lage sein würde, wenn weniger Menschen arbeiteten. Ihnen wurde geantwortet, dass wir jetzt doch genug Roboter und Computer hätten, die für uns arbeiteten, und die seien doch viel, viel arbeitsamer, effizienter, kreativer und ehrgeiziger als wir. Die meisten gaben sich damit zufrieden.

Und doch gab es Tausende, die Widerstand leisteten. Sie behaupteten, die Transformation raube ihnen den Respekt vor sich selbst. Sie sagten, man habe ihnen eine ihrer Grundfreiheiten genommen, nämlich die Freiheit zu arbeiten. Sie marschierten durch die Straßen mit Transparenten, auf denen Slogans zu lesen waren wie „Arbeit gibt uns unsere Würde" oder „Faire Bezahlung für einen ehrlichen Arbeitstag".

Doch inzwischen war es zu spät. Denn es war so schnell gegangen. Die Entscheidungen waren gefällt und in die Tat umgesetzt. Und wie bei den anderen großen Veränderungen in der Geschichte der Arbeit – als die Bauern im 18. und 19. Jahrhundert ihre Fel-

Werbung für einen Energy Juice, 2025

Lass deine Stimmung nicht dein Glück bestimmen!

Mellow Yellow ist ein Gesundheitsergänzungsgetränk, das dafür da ist, deine Stimmung zu heben. Lies die Packungsbeilage zu Risiken und Nebenwirkungen oder frag einen Arzt oder Apotheker.

der verließen und in die Industriestädte wanderten oder als im 20. Jahrhundert die Frauen begannen, Lohnarbeit zu leisten – war die Welle der Veränderung zu groß, als dass sie jemand hätte aufhalten können.

Am Ende des Jahres war die Beschäftigungsquote in Europa und Nordamerika von 85 auf 75 Prozent gesunken. Und in drei weiteren Jahren sollte sie unter 60 Prozent sinken. Und danach sank sie weiter, Jahr für Jahr. Eine ähnlich dramatische Veränderung der Arbeitswelt gab es, mit einer gewissen Verspätung, auch in Ost-und Südasien, in Afrika und Lateinamerika. 2035 war dann das erste Jahr in der langen Geschichte des Homo sapiens, in dem die Mehrheit der Spezies nicht mehr zu arbeiten brauchte, um zu leben.

Es gab aber auch eine dunkle Seite von Automatisierung und Künstlicher Intelligenz – die uns lange Zeit vorenthalten wurde. Und die war möglicherweise auch der Grund dafür, dass die Automatisierung erst mit einiger Verzögerung eingeführt wurde: Zur Zeit der Großen Automatisierung führten die Armeen Warbots ein. Die waren etwas anderes als die Drohnen und ferngesteuerten Fahrzeuge, die wir schon kannten. Sie wurden nicht ferngelenkt von Computer-Piloten, sondern suchten sich ihre Ziele selbst. Sie konnten lernen und ihr Verhalten an die Umstände anpassen. Und wenn sie einmal den Befehl „Töte den Feind“ erhalten hatten, kannten die Warbots kein Halten mehr. Die Konsequenzen waren schrecklich. Sie konnten nicht mehr aufhören, bis der Feind tot war.

Aber auch der Feind besaß Warbots.

Das Resultat war eine ganze Serie von Kriegsverbrechen, die die meisten Menschen mit Abscheu erfüllten. Ganze Städte wurden bis auf den Grund verbrannt, Zivilisten wurden zu Tausenden getötet, und sobald die Warbots festgestellt hatten, dass ein hungernder Feind leichter zu besiegen war, wurden hunderttausende Hektar von Feldern zerstört. Als die Kriegsverbrechen schließlich vor Gericht kamen, konnte niemand die Frage beantworten, wer die Schuld an ihnen trug: Mensch oder Maschine. Während die Gerichte kein Urteil fällen mochten, bestellten die Armeen noch mehr Warbots. Und das Töten von Kindern, die Zerstörung von Häusern und das Verbrennen der Ernte ging weiter.

Bis zum Sommer 2028, als ein geheimer Bericht der russischen Nachrichtendienste an die westliche Presse durchgestochen und dort veröffentlicht wurde. Endlich die Stimme der Vernunft! Die Warbots mussten unter Kontrolle gebracht werden. Bei einem Gipfeltreffen der Staatschefs wurde ein internationaler Vertrag über Maschinenkriegsführung beschlossen. Der Vertrag war lang und kompliziert, doch im Kern besagte er, dass Warbots feindliche Warbots, aber keine Menschen angreifen dürfen. Wenn ein Warbot auch nur zufällig einen Menschen verletze, vernichte er sich sofort selbst. Dieser Befehl sollte unzerstörbar in alle intelligenten Waffen auf der Erde eingegeben werden.

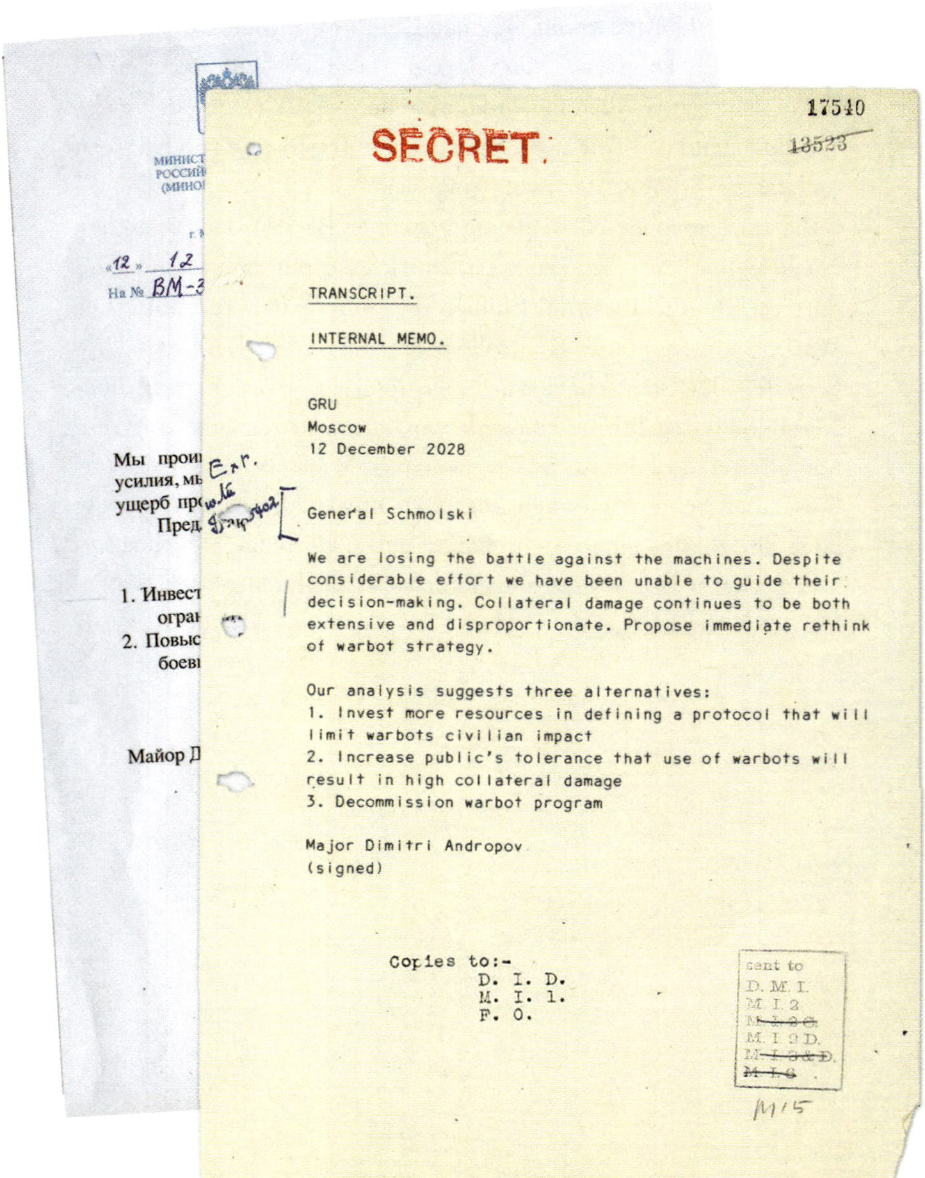

17540

~~13523~~

SECRET

TRANSCRIPT.

INTERNAL MEMO.

GRU
Moscow
12 December 2028

General Schmolski

We are losing the battle against the machines. Despite considerable effort we have been unable to guide their decision-making. Collateral damage continues to be both extensive and disproportionate. Propose immediate rethink of warbot strategy.

Our analysis suggests three alternatives:
1. Invest more resources in defining a protocol that will limit warbots civilian impact
2. Increase public's tolerance that use of warbots will result in high collateral damage
3. Decommission warbot program

Major Dimitri Andropov
(signed)

Copies to:-
D. I. D.
M. I. 1.
F. O.

sent to
D. M. I.
M. I. 2
~~M. I. 9 C.~~
M. I. 9 D.
M. ~~I. 9 & D.~~
~~M. I. 6~~

Die englische Transkription und das russische Original

geheim

Abschrift
internes Memo

Moskau,
den 12. Dezember 2028

General Schmolskij,

wir verlieren den Kampf mit den Maschinen. Trotz erheblicher Anstrengungen konnten wir ihre Entscheidungen nicht beeinflussen. Kollateralschäden sind weiterhin sowohl umfangreich als auch unverhältnismäßig. Schlage ein sofortiges Überdenken der Warbot-Strategie vor. Unsere Analyse bietet drei Alternativen:

1. Investition von mehr Ressourcen in die Definition eines Protokolls, das die Auswirkungen von Kampfrobotern auf die Zivilbevölkerung begrenzt.
2. Erhöhung der Toleranz in der Öffentlichkeit gegenüber den erheblichen Kollateralschäden durch den Einsatz von Kampfrobotern.
3. Programm zur Außerbetriebnahme von Warbots.

Major Dimitrij Andropow
(unterschrieben)

Notiz Nr. 4

Heute habe ich Großma Nancy noch einmal nach Quentin gefragt, aber diesmal habe ich keine Antwort bekommen. Anscheinend war das eine Mal eine Ausnahme. Ich muss mehr mit ihr darüber reden.

Ich habe auch meine Eltern gefragt, aber die sagen nichts als das Übliche: „Was für ein liebenswürdiger Mensch." und „Wir vermissen ihn sehr."

Aber wenn mir jemand sagt, ich soll etwas nicht wissen, ist das, als ob er mir sagte: „Finde es heraus!"

Also gehe ich zu Quentins Schule. Zufällig ist es dieselbe, auf die ich gehe, und dort kenne ich ein paar ziemlich alte Menschen in der Verwaltung. Von ihnen erfahre ich, dass Quentin ein guter Schüler war, klug und voller Energie, und bei den meisten in seinem Jahrgang beliebt. Sie sagen auch, dass Quentin im Rugby-Team seiner Schule spielte, und geben mir die Namen von drei seiner Teammitglieder: Paula, Midge und Benji. Aktuelle Adressen oder Telefonnummern haben sie nicht, aber sie empfehlen mir, mich an den Verein der Ehemaligen zu wenden.

Ich muss Großma Nancy über das Rugby ausfragen. Noch nie davon gehört.

2028

Es heißt einfach Rugby, Billy. Nicht „das Rugby“. Es war ein sehr populärer Sport, vor allem in Europa, Australien, Neuseeland und Südafrika. Ein schneller und sehr, sehr harter Sport. Meine beiden Brüder haben Rugby gespielt, wie schon mein Vater. Sie waren natürlich keine Profis, aber da, wo wir wohnten, gab es eine gute Amateurliga. Als ich schon älter war, nach der Geburt meiner Kinder, führten die Funktionäre dieses Sports eine ganze Reihe von Regelstrafen ein, die ich verwirrend und schwer verständlich fand. Und dann kamen die Geschichten von Gehirnschädigung, Frühdemenz und verringerter Lebenserwartung ans Licht.

Damit sind wir im Jahr 2028, in dem die Mediziner ein weltweites Verbot von Gewaltsportarten wie Rugby durchsetzten. Nach Jahren von Berichten, Konferenzen, Memoranden und anderen Verzögerungstaktiken erklärten die Regierungsverantwortlichen in der Welt nun, dass Kinder keine Sportarten mehr ausüben dürften, die regelmäßig zu Gehirnerschütterungen führten. Davon waren Boxen und Rugby unmittelbar betroffen. Ich fand es schade, dass keine Kinder mehr Freude an diesen Sportarten haben sollten, doch zugleich musste ich an die denken, die für ihr Leben geschädigt waren. Die neuen Gesetze machten auch mit American Football, Ringen, Abfahrtsski und Judo Schluss. Andere Sportarten blieben erlaubt, jedoch nur mit Einschränkungen. So wurden Kopfbälle beim Fußball und Bodychecks beim Eishockey verboten.

Mehrfach wurde versucht, diese Entscheidungen zu Fall zu bringen, doch stets erfolglos. Und weil Kinder nicht mehr lernten, wie diese Sportarten gingen, starben sie einfach aus. Außer dass einige Unentwegte sie auf ihren Privatgrundstücken, fern von jeder staatlichen Kontrolle, noch immer ausübten.

Aber da wir gerade von Wertewandel sprechen … lass uns über Babys, und speziell die Leihmutterschaft sprechen.

Zuerst gab es die nur für die Superreichen. Es ging darum, die diversen physischen und emotionalen Härten zu vermeiden, die oft mit Schwangerschaft und Geburt einhergehen: etwa Erbrechen, Schwangerschaftsstreifen, die dauernden Mühen und natürlich am Ende die Schmerzen der Geburt und für nicht wenige die postnatale Depression.

Die Frauen der Superreichen fanden deshalb, dass Leihmutterschaft eine gute Alternative war. Also bezahlten sie andere Frauen dafür, dass sie ihre Babys austrugen.

Für viele aber waren diese Leihmutterschaften etwas Schreckliches, sogar etwas Böses. Besonders, wenn die Leihmütter die Kinder gegen Lohn austrugen. Manche wiederum fanden, dass das schlecht für die eigentlichen Eltern war. Ohne Schwangerschaft, behaupteten sie, würden sie keine Beziehung zu dem Baby herstellen. Wieder anderen ging es eher um die Leihmütter. Nur eine verzweifelte Frau, sagten sie, würde sich zur Leihmutter machen lassen, und ihre Rechte würden mit Füßen getreten.

In den reichen Ländern wurde Leihmutterschaft verboten oder juristisch so erschwert, dass die genetischen Eltern sich nicht sicher sein konnten, das Sorgerecht für ihre von Leihmüttern Neugeborenen zu behalten. Doch dies führte nur dazu, dass diejenigen, die wussten, was sie wollten, ins Ausland reisten. Nach Indien, Nepal oder Kenia.

Werbeanzeige einer Leihmutterschaft-Vermittlungsfirma

Keine Liebe ist etwas so Besonderes wie die Liebe einer Mutter zu ihrem Kind!

Genießen Sie die Vorteile einer lebenslangen Mitgliedschaft:

Zertifizierte Leihmütter von allen ethnischen Gruppen. Wählen Sie aus einer Vielzahl von genetischen Eigenschaften aus. Ausgetragen von professionellen Leihmüttern im Vereinigten Königreich und Westeuropa. Genetische Defekte zu 100% ausgeschlossen. Ein großes Team von Gesundheitsexperten steht Ihnen täglich 24 Stunden zur Verfügung.
50% Rabatt bei Ihrem dritten Kind.

Machen Sie Ihre Träume wahr.

Wie es sich so oft in der Geschichte der Menschheit erwiesen hat: Gesetze können nicht immer verhindern, dass eine Praxis sich ausbreitet. Gesetze können sie nur in den Untergrund drängen. Kriminelle nutzten diese Situation. Leihmutterschaft wurde gefährlich. Bewaffnete Gangster überwachten die Vereinbarungen. Viele naive Paare wurden ausgenommen. Und manche waren verzweifelt, wenn die Leihmutter ihr Kind nach der Geburt bei sich behielt.

Und was die Frauen anbetraf, die die Kinder austrugen, so wurden manche von Gangs dazu gezwungen, ihre Gebärmutter für Profite zur Verfügung zu stellen. Diese Frauen verdienten selbst kaum Geld. Skrupellose Ärzte stellten sich in den Dienst dieser Mafia. Hunderte Frauen starben in den Armenvierteln der Welt an Infektionen und Geburtskomplikationen.

Mitte der 2020er Jahre wurde dieses Problem dann staatlich reguliert. Leihmutterschaft wurde sicher und für viele erschwinglich. Immer mehr Frauen bekamen mit, dass sie gutes Geld verdienen konnten, wenn sie sich als Leihmütter zur Verfügung stellten. Und es gab neue Interessenten: Schwule Paare wollten ihre eigenen Babys, ebenso Frauen, die wegen medizinischer Hindernisse oder ihres Alters nicht gebären konnten, oder alleinlebende Männer, die Väter werden wollten.

So entstand nach den Regeln von Angebot und Nachfrage ein großer Markt. Leihmutterschaft breitete sich immer weiter aus. Am meisten in Südeuropa, Singapur, Hongkong und Australien. Mehr und mehr Menschen nutzten nun das Angebot, was mittlerweile kurz „schmerzfreie Geburt" hieß.

Und in diesem Jahr wurde deutlich, dass sich wirklich etwas verändert hatte, denn 2028 wurde eines der skandinavischen Länder das erste, in dem mehr als ein Viertel der Geburten von Leihmüttern kamen.

Als dies allgemeine Praxis wurde, hatte ich meine eigenen Kinder schon lange geboren, deinen Vater Robert und deinen Onkel Quentin. Irgendwie sehne ich mich nach der alten Zeit zurück. Danach, wie die Biologie auf einmal mein Leben bestimmt und mich gezwungen hat, kürzer zu treten, mich zuerst um meinen Körper zu kümmern und meine Arbeit für ein paar Monate beiseitezulassen. Das zeigte mir, dass ich Körperteile habe, die sich von denen von Männern unterscheiden. Nur dass ich meine Periode nicht mehr habe, das vermisse ich gar nicht. Glücklicherweise ist das schon seit vielen Jahren vorbei.

Die Einstellungen der Menschen haben sich auch auf anderen Gebieten verändert, wie ich über die Jahre beobachten konnte. Zum Beispiel beim Einkaufen. Als ich jung war, bin ich gern in die Läden in unserer Gegend gegangen, um zu shoppen. Ich konnte in den Kleiderständern stöbern, Sachen anprobieren und sie wieder zurückhängen, wenn mir das Material, der Schnitt oder der Preis nicht passte – und den Laden verlassen. Ich konnte in einen Gemüseladen oder an einen Marktstand gehen, das Obst und das Gemüse angucken, das angeboten wurde, es anfassen, berühren, daran riechen, das Gewicht in meiner Hand spüren und es kaufen, wenn der Preis okay war.

Dann kam das Internet auf, und alles wurde anders. Zuerst war der Wandel unauffällig. Nur bestimmte Sektoren waren betroffen. Zuerst Bücher, dann elektronische Geräte, dann Nahrungsmittel, Autos, Fahrräder. Die Auswirkungen auf die Einkaufsstraßen waren nur langsam zu sehen, dann aber umso brutaler. Gemüseläden, Kleiderboutiquen oder Schuster kamen und gingen, konnten aber auf Dauer nicht mit dem Internet konkurrieren. Sie wurden ersetzt durch Wohltätigkeitsgeschäfte, die gebrauchte Kleidung und Haushaltsgegenstände verkauften. Sie waren durch die niedrigen Mieten und die Steuervorteile angelockt worden, die die Kommunen ihnen einräumten. Doch am Ende gaben auch sie auf. Und bald waren die Einkaufsstraßen verödet. Die Schaufenster mit Brettern vernagelt.

Nach demselben Muster passierte das in der ganzen Welt. Zuerst trat der Wandel in England, den USA und Kanada ein. In anderen Ländern wurden die Ladenbesitzer lange Zeit geschützt. Die Ladenpreise für bestimmte Güter wie Bücher waren dort gebunden. Doch das konnte das Unvermeidliche nur verzögern. Schließlich setzten sich die Mächte des Marktes auch hier durch.

Irgendwann Ende der 2020er Jahre wurden buchstäblich alle Waren in den Interwebs (die zu dieser Zeit niemand mehr mit dem seltsamen alten Namen „Internet“ bezeichnete) gehandelt. Die Auswahl war viel größer, und das Gesuchte leichter zu finden. Alles wurde an deine Tür geliefert, niemand stellte Fragen, wenn du etwas zurückgehen ließest, und vor allem war alles preiswerter.

Bald wurden auch Premium-Dienstleistungen angeboten. Die Onlineshops lernten nun, was du bevorzugtest, was für einen Geschmack du hattest, und erledigten den Einkauf für dich. Sie suchten nicht nur die Sachen aus, die du zuvor gekauft hattest, sondern suchten neue aus, von denen ihr Algorithmus annahm, dass sie dir gefallen würden. Und wenn dir etwas nicht gefiel, konntest du es weiterhin kostenlos zurückschicken.

Wenn du etwas ganz Neues ausprobieren, also dein Einkaufsmuster ändern wolltest, weil du das Gewohnte inzwischen langweilig fandest, war das auch ganz einfach. Du brauchtest nur auf das Feld „Umstellung/Change“ zu klicken, und schon wurde dir ein ganz neues Angebot von Lebensmitteln, Kleidern oder anderen Dingen geliefert.

Eine andere Option war, Sachen zu kaufen, die deine Freunde schon hatten. Dafür musstest du nur auf „Freunde“ gehen, die Einkaufsliste der betreffenden Person öffnen, und – Abrakadabra! –

schon konntest du dasselbe kaufen wie Bob oder Antoinette oder Mary-Sue.

Oder noch besser: Für ein nur geringes Aufgeld konntest du auf die Einkaufsliste von Celebrities gehen. Jetzt konntest du speisen wie Snoop Drago, dich kleiden wie Katy Kenny oder die Musik anhören, zu der Niall Smith gerade an diesem Tag unter der Dusche getanzt hatte. Es wurde einem alles so leicht gemacht.

Es gab allerdings eine Ausnahme von all dem: Für diejenigen, die genug Geld hatten, wurden spezielle Einkaufserlebnisse möglich gemacht. Das waren nachgebaute Dörfer mit engen gepflasterten Gässchen und kleinen Boutiquen. Es gab dort eine Boulangerie, in der der Bäcker schon in der Nacht Brot und feinstes Gebäck gebacken hatte. Eine Hutmacherin, die dir half, deine Wahl unter einem großen Angebot von handgemachten Hüten jeder Form und Größe zu treffen. Eine Floristin mit den exotischsten Blumengebinden. Ein Laden, in dem du handgemachte Seifen und Shampoos kaufen konntest. Oder einen anderen, in dem du nach deinem persönlichen Geschmack und deinen eigenen Entwürfen gefertigten Schmuck bestellen konntest. Solche Einkaufserlebnisse an bestimmten Orten waren natürlich den Superreichen vorbehalten. Wir gewöhnlichen Menschen kauften unsere Sachen in den Interwebs.

Notiz Nr. 5

Diese Sportarten, von denen Großma Nancy erzählt hat, scheinen ja echt interessant zu sein. Ich gucke also in meinem All-In-One unter „Sport im 20. Jahrhundert“ nach und finde einige, von denen ich noch nie gehört habe. Golf war anscheinend ein Spiel, das mit Stöcken aus Metall und einem kleinen weißen Ball gespielt wurde. Es konnte nicht mehr gespielt werden, nachdem Wasser und Chemikalien nicht länger genutzt werden durften, um künstliche Rasenflächen zu unterhalten. Die einzige Ausnahme war Schottland, wo solche Rasen natürlich vorkamen.

Autorennen waren ein anderer Sport. Sie hatten seltsame Namen: *Formel 1, 24-Stunden-Rennen von Le Mans, Daytona 500, Indy 500*. Anscheinend fuhren die Fahrer stundenlang immer im Kreis herum. Schwer vorzustellen!

Oder dies: Man zieht sich warm an, steigt auf einen Motorschlitten, fährt auf einen zugefrorenen See, macht ein Loch in das Eis, hängt eine Leine hinein, um einen Fisch zu fangen, zieht sich in eine geheizte Hütte zurück und wartet, bis ein Fisch anbeißt. Das klingt nicht mal nach einem Sport!

Ich gucke das Wort „Leihmutter“ in Großmas Wörterbuch nach. Gibt es da nicht. „Leihen“ wird dort definiert als „sich einen Gegenstand, oft gegen Bezahlung, für einen zeitlich begrenzten Gebrauch von einer anderen Person anvertrauen lassen“. Naja, Mutterschaft ist aber kein „Gegenstand“. Und unter „Mutterschaft“ findet man auch nichts weiter. Offenbar ist so ein Wörterbuch irgendwann überholt. Wird diese Geschichte, Großma Nancys Geschichte, auch einmal überholt sein? Und wenn ja, wann?

Auch dieses verdruckste „meine Periode“ … warum kann Großma Nancy nicht einfach von „Menstruation“ oder „Tage“ sprechen.

Wieso können alte Leute nicht problemlos über etwas reden, was die Hälfte der Menschen auf diesem Planeten erleben. Eigenartig.

Ich habe eine Rückmeldung vom Verein der Ehemaligen. Sie haben keinen Kontakt zu Paula, aber zu Midge und Benji. Ich habe beiden eine Message geschrieben. Midge hat sofort geantwortet, dass er sich noch gut an Quentin erinnert: „Wir haben viel mit ihm gelacht. Hatte Pfeffer im Arsch, war immer wütend und erzählte uns ständig von irgendeiner neuen Ungerechtigkeit. Und er war ein furchtbar schlechter Rugbyspieler."

Alles, was Benji geschrieben hat, ist dies:

„Treffen Saftbar 63. Etage. Di., 18 Uhr. Bin groß."

2029

Einer der Momente, die mich in meinen jungen Jahren am meisten mit Stolz erfüllt haben, war, als ich das erste Mal wählen durfte. Das war in den Sechzigern, und wir waren entschlossen, alles besser zu machen. Ich hatte das Gefühl, und meine Freunde ebenso, dass unsere Eltern alt waren und nichts mehr mitbekamen. Sie verstanden uns nicht und erst recht nicht die Themen, mit denen wir uns beschäftigten.

In Amerika gab es die Bürgerrechtsbewegung. In Frankreich, England und anderen Ländern ging es um Frieden, um gleiche Chancen für Frauen und um Rock 'n' Roll. In Deutschland verlangte die jüngere Generation Auskunft von ihren Eltern und Großeltern darüber, was sie in der Nazizeit getan hatten.

Du kannst dir das vielleicht nur schwer vorstellen, aber als ich anfing zu arbeiten, bekamen Frauen nicht den gleichen Lohn für die gleiche Arbeit wie die Männer. Wir durften keinen Bankkredit aufnehmen ohne die Zustimmung unserer Ehemänner oder Väter. Andererseits, und das war auch übel, hatten die Väter so gut wie keine Rechte an ihren Kindern.

Ich bin 1948 geboren, nur ein paar Jahre nach dem Ende des Zweiten Weltkriegs und gerade einmal zwanzig Jahre, nachdem alle erwachsenen Frauen in Großbritannien das Wahlrecht bekommen hatten. Ich nahm meine Verantwortung sehr ernst. Ich studierte die

Parteiprogramme aller Kandidaten und entschied, wer am meisten bewirken würde. Meistens wurde ich enttäuscht. Das hielt mich aber nicht davon ab, bei der nächsten Wahl dasselbe zu tun und danach wieder. Als meine Söhne wählen durften, stellte ich bei ihnen dieselbe Ernsthaftigkeit fest. Dieselben Hoffnungen, denselben Glauben an die Macht der Wahlurne. Manchmal gewann ihre „Seite", und sie freuten sich. Oft waren sie enttäuscht, aber sie glaubten an Wahlen und waren entschlossen, das System zu verteidigen.

Schon in der Anfangszeit des Internet in den 1990er Jahren wurde über Onlinewahlen diskutiert. Als die technische Möglichkeit gegeben war – und das war bald der Fall – ging es nur noch um die Sicherheit. Wenn in einer modernen Demokratie Macht und Einfluss auf Wählerstimmen basierte, und wenn die Abstimmung online geschehen sollte – wie konnte man verhindern, dass die Wahl boykottiert oder gefälscht wurde?

In den 2020er Jahren, nach einer Reihe von erfolgreichen Tests in verschiedenen Städten überall in Europa, sollte die Technik erstmals auf eine nationale Wahl angewandt werden. Zur Freude des Publikums stellte die Regierung, die das Projekt begonnen hatte, das System rechtzeitig fertig, sogar ohne das Budget dafür auszuschöpfen. Gleichzeitig wurde das Wahlalter auf 16 Jahre gesenkt (die Debatte über die Einbeziehung jüngerer Wähler hatte jahrelang gedauert), sodass die Zahl der Wähler größer war als in den Vorjahren.

Während der Stimmabgabe sah alles gut aus. Die Ergebnisse waren schneller bekannt und waren sicherer; es waren also keine Ungewissheiten bei einem Machtwechsel zu befürchten. Und die Wähler blickten voller Anerkennung auf die Regierung, die das neue System effizient und umsichtig eingeführt hatte.

Die Probleme begannen eine Woche später, als deutlich wurde, dass ein Viertel der abgegebenen Stimmen gefälscht war. Es gab

Phantomwähler, die entweder längst tot oder gänzlich erfunden waren. Das System war von einer ausländischen Macht gehackt worden, die einen der Kandidaten durchsetzen wollte. Und als sei das noch nicht genug, wurde eine Datei, aus der hervorging, wer für wen gestimmt hatte, geleakt und online gestellt – eine grundlegende Verletzung des Prinzips der geheimen Wahl.

Als die Sabotage bekannt wurde, versank das Land im Chaos. Der Kandidat, der verloren hatte, focht die Wahl an, aber erst nach einer heftigen Auseinandersetzung vor dem obersten Gericht wurden Neuwahlen angesetzt. Diesmal mit papierenen Wahlzetteln. Das Experiment war ein solcher Fehlschlag, dass kein anderes Land es mehr wagte, Onlinewahlen abzuhalten. Bis zum Herbst 2029. Das war der Zeitpunkt der Wahlen zum Weltparlament (WP).

Wir können uns eine Zeit ohne WP gar nicht mehr vorstellen, aber wie du weißt, gab es vorher noch keine richtige Weltregierung. Es gab bis dahin nur verschiedene internationale Organisationen, die alle ihre eigene Abkürzung hatten, sodass wir einen verwirrenden Buchstabensalat von Namen hatten: UNO, die Vereinten Nationen; WTO, die Welthandelsorganisation; das IPCC, der Weltklimarat; die europäisch-nordamerikanische Sicherheitsorganisation ENASO und so weiter. Aber die Delegierten all dieser Organisationen wurden von den jeweiligen nationalen Regierungen entsandt. Keiner war direkt von der Bevölkerung gewählt.

Eine globale Papierabstimmung aber war undenkbar, sogar für die ambitioniertesten Wahlbeamten. Bei mehr als zehn Milliarden Menschen auf der Erde, von denen 75 Prozent wahlberechtigt waren, war ein digitales Verfahren die einzige Möglichkeit, eine Wahl zu organisieren. Zu diesem Zeitpunkt hatten 98,5 Prozent der Bürger des Planeten Zugang zu den Interwebs; demnach musste eine weltweite Onlinewahl machbar sein.

Das bedeutete, dass das Sicherheitsproblem bei Onlinewahlen gelöst werden musste. Ein ziemlich ausgetüfteltes Verfahren wurde eingeführt. Eine dreistufige Authentisierung stellte sicher, dass nur Wahlberechtigte ihre Stimme abgeben konnten, und ein End-to-End-Verschlüsselungsprogramm (E2EE) sorgte für die Geheimhaltung und stellte sicher, dass sich niemand von außen einmischen konnte. Und um das Vertrauen der Menschen zu stärken, erhielten die Menschen Quittungen, die belegten, dass sie ihre Stimme abgegeben hatten und dass ihre Stimme auf einem öffentlichen Stimmenzähler registriert worden war.

Die Tage nach der Wahl waren nicht vom Skandal einer Wahlfälschung oder Geschichten von der Einmischung bestimmter Mächte geprägt, sondern von den üblichen Feiern der Gewinner auf Kosten der Verlierer und von Diskussionen, was die Zusammensetzung des Weltparlaments bedeutete.

Von hier an verschwanden papierene Wahlzettel im Papierkorb der Weltgeschichte.

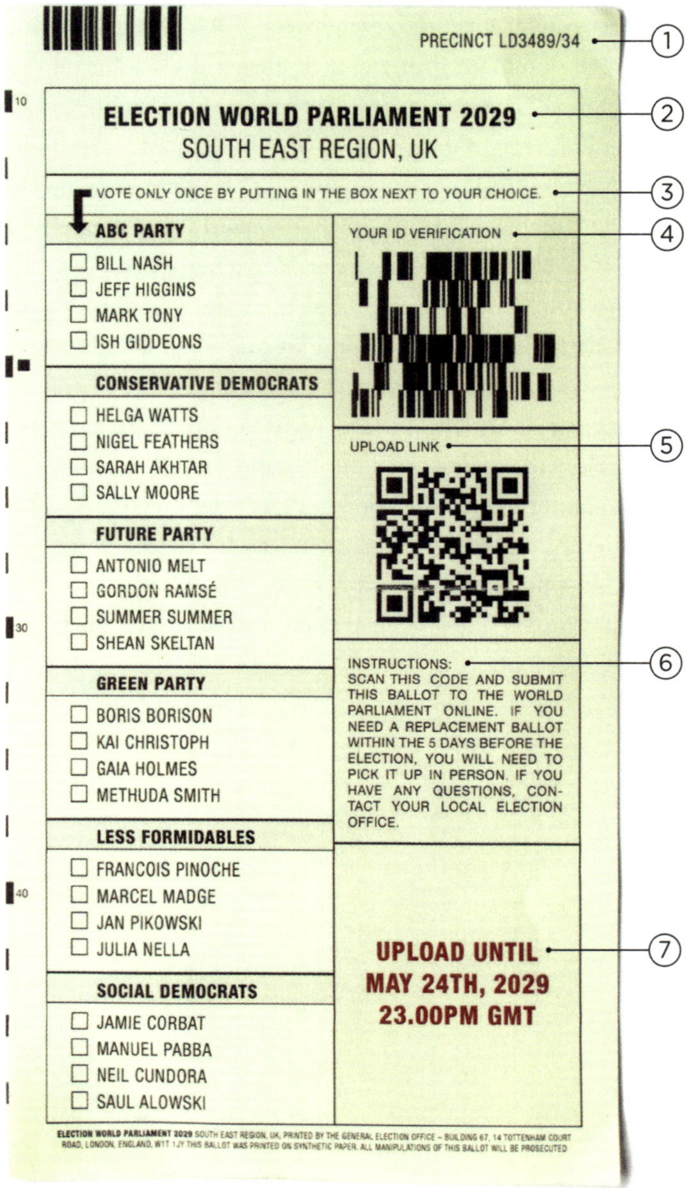

Ausdruck des elektronischen Wahlzettels zur Weltparlamentswahl 2029 im Wahlbezirk Südostengland

① Wahlbezirk LD3489/34

② Wahl zum Weltparlament 2029
Vereinigtes Königreich, Südost-Region

③ Bitte geben Sie nur eine Stimme ab, indem sie das Kästchen neben dem Namen der Person anklicken, die Sie wählen möchten.

(Es folgen die Parteien mit ihren Kandidaten.)

④ Ihre ID-Verifizierung

⑤ Laden Sie ihren persönlichen Link hoch.

⑥ Und so geht es:
Scannen Sie obenstehenden Code und füllen Sie dieses Wahlformular für das Weltparlament online aus. Wenn Sie einen Fehler gemacht haben und ein Ersatz-Wahlformular benötigen, müssen Sie dies bis fünf Tage vor der Wahl persönlich abholen. Wenn Sie Fragen haben, kontaktieren Sie das zuständige Wahlbüro.

⑦ Bitte bis zum 24. Mai 2029, 23 Uhr hochladen.

Notiz Nr. 6

Ich habe beschlossen, mich nicht über Großma Nancys Art zu ärgern, Geschichte zu erzählen. Ich finde, sie erzählt ein bisschen zu weitschweifig und zu viel über unsere Familie – nicht gerade Weltereignisse. Aber ich habe nun mal versprochen, alles wörtlich aufzuschreiben. Was ich auch tue.

Dieses ganze Wahl-Dingsbums kommt mir ziemlich idiotisch vor. Ich meine, wie schwer kann es denn sein, eine digitale Wahl zu organisieren? Ich bin sicher, es gab technische Schwierigkeiten, aber echt! Ich finde es schwierig, nicht über meine Vorfahren zu lästern. Tut mir leid!

Wie verabredet bin ich zu der Bar mit den guten Smoothies in der 63. Etage gefahren. Vor der Tür wartete eine sehr große, sehr dünne Person mittleren Alters, die eine blaue Jacke, blaue Hosen und blaue Stiefel trug. Großma zufolge ist Quentin 1974 geboren, und Benji war im selben Schuljahr, er muss ergo Mitte 70 sein. Es könnte also tatsächlich Benji sein.

Typischerweise würde jemand, der vor einer Bar auf jemanden wartet, an seinem All-in-One hängen. Eine Serie gucken, die neuesten Nachrichten lesen oder mit Freunden kommunizieren. Dieser Typ dagegen hatte den Blick erhoben und guckte nach rechts und nach links, als müsste er aufpassen, dass niemand ihm folgte. Aufmerksam. Nervös. Auf der Hut.

Und was noch viel seltsamer war: Er hielt Fäden zwischen seinen Händen, mit denen er immer neue Muster bildete, beinahe achtlos, denn er sah gar nicht auf die Muster hinab, die neu entstanden waren. All das ließ mich etwas unbehaglich fühlen, doch ich gab mir einen Ruck, überwand meine Ängstlichkeit und stellte mich ihm vor.

„Du siehst aus wie Quentin", sagte Benji und lächelte, was es mir leichter machte.

„Was machst du da eigentlich mit diesen Fäden?“, fragte ich.

„Das ist ein Katzenkörbchen“, antwortete Benji, wobei er ein bisschen frustriert klang. „Meine Navajo-Großma hat mir einmal das Muster gezeigt, das ‚Zwei Kojoten laufen voneinander weg‘ heißt. Ich habe die letzten zwei Wochen damit verbracht, mich zu erinnern, wie es gemacht wird, aber ich krieg's nicht hin.“

Wir gingen in die Saftbar und bestellten unsere Getränke. Und schon machte ich meinen ersten Fehler, denn als der Saftmixer fragte: „Möchte deine Begleitung Eis?“, antwortete ich: „Keine Ahnung, ich muss ihn fragen.“

Da raunte Benji mir von hinten zu: „Ich möchte nicht, dass du von mir als ‚er‘ oder ‚ihn‘ oder ‚sein‘ sprichst.“ Als ich ganz verwirrt guckte, fuhr er fort: „Ich finde nicht, dass wir uns entscheiden müssen, männlich oder weiblich zu sein.“ Ich entschuldigte mich und versprach, in Zukunft „hen“ und „hens“ zu sagen.

Als wir an einem Tisch Platz genommen hatten, versuchte ich, das Gespräch auf Quentin zu bringen, aber Benji wechselte das Thema. Hen trommelte nervös mit den Fingern auf hens Knie. Hens Augen waren unruhig, und hen sprach viel zu schnell. Hen guckte die ganze Zeit über hens Schulter, als ob jemand hen beobachtete. Nach weniger als fünf Minuten sagte Benji, hen müsse gehen.

Und schon war ich allein mit meinem Pomelo-, Möhren- und Ingwer-Saft.

Alles sehr seltsam.

Später guckte ich „Katzenkörbchen“ im Wörterbuch nach. Es sei ein „Fadenspiel“ oder „Abnehmspiel“ von Kindern, die mit dem Faden symmetrische Muster herstellten. Die erste Erwähnung davon in der Literatur stammt von 1768. Das All-In-One wusste noch mehr: Anscheinend wird das Spiel auf der ganzen Welt gespielt.

Die indigenen Bewohner der Hawaii-Inseln nennen es hei, was „Netz“ bedeutet. In Indonesien heißt es toeka-toeka oder „Leiter-Leiter“, in China „Brunnenseil“. Ich würde gerne wissen, wie „Zwei Kojoten laufen voneinander weg“ aussieht.

Und wann haben die Leute wohl damit angefangen, „hen“ statt „sie“ oder „er“ zu sagen? Muss daran denken, Großma Nancy danach zu fragen.

2031

Freunde von mir wollten etwa ab dem Jahr 2020 hen genannt werden. Sie sagten, sie wollten sich nicht auf männlich oder weiblich festlegen lassen. Sie selbst nannten sich „nicht-binär".

Ich konnte ihr Anliegen verstehen. Sprache ist mächtig. Wörter können vieles entscheiden. In allen Sprachen gibt es Wörter, die als hassenswert gelten. Sprachen spiegeln die Werte einer Gesellschaft zu einem bestimmten Zeitpunkt wider. Es geht darum, welche Wörter gebraucht werden und welche nicht. Noch in den 2020ern Jahren konnte man von „Mannschaften" statt Teams lesen, von „Frau Direktor" statt Direktorin. Hausarbeit galt als Frauenarbeit und wenn jemand etwas gut durchgehalten hatte, hatte er oder sie „seinen Mann gestanden", und wenn es um Handarbeiten oder Körperpflege ging, dann hieß es, das sei Mädchensache.

Ich als Frau habe mich jedes Mal darüber aufgeregt. Jede Sprache – Deutsch, Englisch, Mandarin, Spanisch, Französisch hatte da ihre eigenen Probleme, aber jeweils andere. Es gab also großen Bedarf nach neuen Formen, damit Bücher, Artikel und Fernsehserien alle Menschen gleichmäßig berücksichtigten. Damit sie den sich verändernden Werten der Gesellschaft angepasst wurden. Das war auch meine Meinung.

Einige Leute wollten weder als Frau noch als Mann gelten, und die meisten Menschen hatten nichts dagegen. Es gab sogar Fernsehserien mit Charakteren, die sich selbst hen nannten und als Possessivpronomen, also statt sein oder ihr, hens benutzten.

Bald wurde jedoch deutlich, dass die große Mehrheit der Bevölkerung weiterhin eine „sie“ oder ein „er“ sein wollte. Sie benutzten auch gerne Wörter wie „Vater“, „Mutter“, „Schwester“ oder „Bruder“. Schließlich gibt es ja biologische Unterschiede zwischen den Geschlechtern. Und in dem Maße, wie Firmen, Staaten und die Menschen ganz allgemein sich um eine weniger patriarchalische Sprache bemühten, wurde der Wunsch nach einer völlig geschlechtsneutralen Sprache weniger dringend und wurde weniger radikal gefordert. Außer von einigen Aktivisten wie Benji.

Ich hoffe, das beantwortet deine Frage zur Sprache. Denn jetzt möchte ich zu deiner ursprünglichen Frage zurückkehren, wie es war, den SHOCK mitzuerleben. Mit einem Wort, es war entsetzlich.

Jahrzehntelang schon hatten Wissenschaftler:innen vorhergesagt, dass die durchschnittliche Temperatur auf der Erde bis zum Jahr 2100 um vier Grad ansteigen würde, wenn wir unsere Lebensweise nicht dramatisch änderten. Wobei sie sich allerdings täuschten, was die Zeitspanne anbetraf. Schon ab 2026 ging die Temperaturkurve scharf nach oben, gute siebzig Jahre früher als angekündigt. Deshalb nannten wir das den SHOCK.

Es gab viele Theorien für das, was vor sich ging. Am überzeugendsten war die, dass verschiedene Kipppunkte gleichzeitig erreicht wurden und sich miteinander verbanden – das Schmelzen der Eiskappen an den Polen, der Anstieg der Meerestemperaturen und die Veränderungen der Meeresströmungen. Aber eigentlich spielten die Ursachen keine Rolle mehr. Der Schaden war eingetreten. Die Katastrophe, von der wir lange als „in der Zukunft“ gesprochen hatten, war da.

Jetzt.

In Teilen der Arktis waren die Temperaturen jetzt acht Grad höher als normal. Große Teile des Eises auf der Erde waren bereits geschmolzen, wie die großen Gletscher Grönlands, Islands und der Anden. Der Meeresspiegel stieg deutlich, und dazu kamen immer zahlreichere Stürme und heftigere Regenfälle, als es sie jemals gegeben hatte. Die Regierungen versuchten, das Unvermeidliche hinauszuschieben. Sie ließen gewaltige Deiche und Hafenmauern errichten, bauten riesige Netzwerke von gigantischen Pumpstationen und trafen weitere Maßnahmen gegen Überflutungen. Natürlich konnte all das nicht verhindern, dass die Fluten stiegen. Die ersten Länder, die betroffen waren, waren diejenigen, die sich solche Maßnahmen am wenigsten leisten konnten. Bereits 2031 waren die kleinen Pazifikinseln Vanuatu und Kiribati ganz und gar untergegangen. Schon seit einiger Zeit war der Meeresspiegel gestiegen, aber die Einwohner hatten weiter ausgeharrt, bis ein großer Sturm den Inseln den Gnadenstoß gab. Es war furchtbar, davon zu lesen. Diese armen Menschen taten mir schrecklich leid. Ihr Leben war zerstört. Sie konnten nicht mehr als eine kleine Tasche mitnehmen, als sie evakuiert wurden. Danach schlug der SHOCK überall auf der Welt zu.

In den Monaten, nachdem Vanuatu und Kiribati untergegangen waren, mussten große Teile der größten Küstenstädte der Welt evakuiert werden: 17 Millionen Menschen aus Shanghai, je fünf Millionen aus Osaka und Ho-Chi-Minh-Stadt, je drei Millionen aus Miami, Mumbai und Alexandria, und je eine Million aus Rio de Janeiro, Amsterdam und London. Wir hatten Glück, denn wir lebten auf einem der höchsten Hügel Londons. Viele unserer Freunde und Bekannten hatten aber weniger Glück und mussten in Behelfsunterkünfte ziehen.

Um Plünderungen zu verhindern, wurde an vielen Küstenstrichen das Kriegsrecht verhängt. Jedes Individuum, das in den evakuierten Stadtvierteln angetroffen wurde, wurde festgenommen. Bei einer außerordentlichen Zusammenkunft des Weltparlaments kamen die Regierungschefs überein, sofort alle fossilen Brennstoffe zu verbieten. Obwohl die wirtschaftlichen Kosten enorm waren – denn noch gab es längst nicht genug alternative Energiequellen für Transport, Heizung und Industrieproduktion –, galt ein längeres Zögern nun auf einmal als Ding der Unmöglichkeit.

Eine Schockwelle lief durch die Weltwirtschaft. Obwohl lange vorausgesagt, kam diese plötzliche Entwicklung, die die Grundlagen der menschlichen Gesellschaft bedrohte, für viele immer noch völlig überraschend. Allerdings reagierten die Finanzmärkte positiv, weil endlich die Eiterbeule von Leugnung und Verzögerung aufgestochen war. Und schließlich kriegte die Welt die Kurve. Obwohl ein Temperaturanstieg um mehr als vier Grad etwas Schreckliches war und fürchterlichste Auswirkungen auf Mensch und Tier überall auf dem Planeten hatte, gab es am Ende Hoffnung, dass die Auswirkungen des Klimawandels nicht noch schlimmer würden. Mit ein wenig Glück, menschlicher Intelligenz und Geduld konnten sie vielleicht sogar gemildert werden.

Notiz Nr. 7

Ich habe Großma Nancy gefragt, wieso sie nichts getan hat, obwohl doch so deutlich war, dass der SHOCK kommen würde. Sie blickte mich finster an und stürmte davon. Ich glaube wirklich, ich habe sie beleidigt. Was ich natürlich nicht wollte. Ich liebe meine Großma. Gerade als ich überlegte, was jetzt wohl passieren würde, kam sie zurück, mit ein paar Briefen in der Hand, die sie mir gab. Die meisten waren zwischen ihr (Professor Nancy Schmidt) und dem Dekan ihres Instituts am Corpus Christi College in Cambridge (Master Humphries) ausgetauscht worden.

Und dann war da noch ein Stapel Postkarten von jemandem namens Rosemary, vermutlich einer Freundin. Sie waren alle mit Bildern von Venedig bedruckt, einem Ort, von dem ich noch nie gehört hatte. Ich habe den Namen im All-In-One nachgeguckt, und da hieß es, dass Venedig endgültig während des Meeresspiegelanstiegs in den mittleren 2020er Jahren untergegangen ist. Es sind eine Menge Postkarten mit unterschiedlichen Daten. Ich werde sie beim entsprechenden Jahr in meinen Heften einordnen.

Nachdem ich die Briefe und Postkarten gelesen hatte, war ich ganz schön überrascht. Meine kleine schwache Großma, die nur mit Mühe ohne Hilfe vom Sessel hochkommt, die während der Mahlzeiten manchmal einschläft, die mir in die Wange kneift und manchmal auf dem Weg zum Bad pupst, war eine Kämpferin! Ich weiß nicht recht, was ich davon halten soll. Da ist dieser Mensch vor mir, 102 Jahre alt, was ja schon eine Leistung ist, und die heroischste Leistung, die sie Tag für Tag hinter sich bringt, ist zu überleben. Aber dann ist da noch die andere Person, die jüngere Nancy, die gegen die Mächtigen aufstand und sagte: „Wir müssen etwas tun." Und wenn auch niemand auf sie gehört hat, hatte sie doch recht. Wieder und immer wieder, Jahr für Jahr.

Ich habe das Wort hen im All-In-One nachgeguckt und erfahren, dass es statt „er“ oder „sie“ schon seit 2015 in Schweden im offiziellen Sprachgebrauch erlaubt war und dass Genderaktivist:innen seitdem versuchten, es auch im deutschen Sprachraum einzuführen. Im englischen Sprachraum hatte sich wiederum das „they“ und „their“ durchgesetzt. Wenn das in Schweden schon staatlich anerkannt war, war Benji vielleicht gar nicht sooo radikal.

Katia ist vorbeigekommen, und wir haben zusammen Hausarbeiten gemacht. Es war schön, sich auch einmal wieder mit ganz normalen Sachen zu befassen. Bevor sie ging, hat Katia Großma Nancy auf Wiedersehen gesagt, und die hat sich mächtig darüber gefreut. Das war sehr rücksichtsvoll.

Ich habe Benji wiedergesehen. Ich schrieb gerade an meinem letzten Gespräch mit Großma, als hen hereinspazierte. „Was ist denn das?“, fragte Benji, während hen mit einem Auge auf mich und mit dem anderen auf die Fäden in hens Händen blickte. Anscheinend hat hen noch immer nicht das Geheimnis der zwei voneinander weglaufenden Kojoten gelüftet. Ich erkläre also. Auf einmal scheint etwas zu passieren, wie wenn ich bei hen eine Gedankenkaskade ausgelöst hätte. „Kann ich es lesen?“, fragt hen. Ich habe gerade mein drittes Heft vollgeschrieben; also schiebe ich hen mein erstes hinüber, nachdem ich hen das Versprechen abgenommen habe, es gut zu behandeln. Meine Überlegung ist die: Wenn Benji sieht, was ich mache, erzählt hen mir vielleicht von Quentin. Aber ich bin mir nicht sicher. Was ist, wenn das Heft verloren geht und alle Arbeit umsonst war?

Ich finde, diese Geschichte wird allmählich zu persönlich. Ich werde Großma Nancy bitten, mir von Ereignissen zu berichten, die alle betroffen haben.

CORPUS CHRISTI COLLEGE
CAMBRIDGE
CB2 1RH
CORPUS.CAM.AC.UK

Professor M. J. Humphries
Master of Corpus Christi College
President of the Cambridge Botanical Society

office directlink: 01223.338000
data translink: 006corpus.uplink
email: humphries@corpus.mail

1st June 2028

Dear Professor Schmidt

I have looked at your manuscript as requested and, as you asked for my feedback, I will provide it. I hope I will not cause undue offence.

I have one major comment. Since you were a professor of Sixteenth Century history, Elizabeth I and her court, why did you write about the current climate crisis?

Surely the role of the historian is to be objective, not to focus on a subject simply because it excites her personally.

Yours truly,

M. J. Humphries

Corpus Christi College
Professor M. J. Humphries
Cambridge
England

1. Juni 2028

Liebe Frau Professor Schmidt,

wie gewünscht habe ich Ihr Manuskript durchgesehen, und da Sie um eine Rückmeldung baten, gebe ich sie hiermit. Ich hoffe, sie wird Sie nicht kränken, denn das ist nicht meine Absicht.
Ich habe eigentlich nur eines zu bemerken.
Da doch Ihre Professur für die Englische Geschichte des 16. Jahrhunderts, also Queen Elizabeth I. und ihr Hof, eingerichtet wurde, wieso schreiben sie dann über die gegenwärtige Klimakrise?
Ich bin sicher, dass die Aufgabe eines Historikers ist, objektiv zu sein und sich nicht auf ein Thema zu stürzen, nur weil es persönlich interessiert.

Mit sehr freundlichen Grüßen

M. J. Humphries

COPY

CORPUS CHRISTI COLLEGE
CAMBRIDGE
FACULTY OF HISTORY

Professor Nancy Schmidt
Director of Studies
Faculty of History

office directlink: 01235.6456000
data translink: 008corpus.uplink
email: schmidt@corpus.mail

14th June 2028

Dear Master Humphries

Thank you for taking the time to read my efforts.

It is obvious to me that our species is facing a truly life-threatening situation. So while researching the court of Queen Elizabeth I is endlessly fascinating, it bears little on today's crisis.

My interest is to produce a work that can make a difference. If this means changing my focus of study to contemporary politics, then that is what I will do.

Yours fondly,

Nancy Schmidt

Nancy Schmidt

Corpus Christi College
Professor M. J. Humphries
Cambridge
England

KOPIE

14. Juni 2028

Lieber Master Humphries,

vielen Dank, dass Sie sich die Zeit genommen haben, meine Versuche zu lesen.
Für mich ist es offensichtlich, dass unsere Spezies vor einer wirklich lebensbedrohlichen Situation steht. Das bedeutet, dass es zwar unendlich faszinierend sein mag, über den Hof von Elizabeth I. zu forschen, aber das nichts zur Lösung der heutigen Krise beiträgt.
Mein Ehrgeiz ist, etwas zu schreiben, das wirklich Relevanz hat. Wenn dies erfordert, den Schwerpunkt meiner Arbeit auf die zeitgenössische Politik zu verlagern, dann werde ich das tun.

Herzlich

Nancy Schmidt

Abschrift eines Briefs von Professor Schmidt

An:
Corpus Christi College
Professor M. J. Humphries
Cambridge
England

3. November 2029

Lieber Master Humphries,

wir müssen die Fakultät wirklich in Stellung bringen, damit sie Druck auf die Regierung ausübt. Sie muss etwas gegen die Klimakrise unternehmen. Wenn wir unseren Lebensstil nicht auf dramatische Weise verändern, werden wir in große Schwierigkeiten kommen. Wenn unsere Kinder dereinst auf das zurückblicken, was wir getan haben, werden sie fragen, auf welcher Seite der Geschichte wir gestanden haben. Was wollen Sie ihnen dann antworten?

Mit freundlichen Grüßen

Nancy Schmidt

Abschrift eines Briefs von Dekan Humphries

An:
Corpus Christi College
Professor Nancy Schmidt
Cambridge
England

5. Januar 2030

Liebe Frau Professor Schmidt,

vielen Dank für all Ihre Briefe, ich muss Sie jedoch bitten, mir nicht länger zu schreiben. Dem College ist bekannt, was Sie beschäftigt, doch wie Sie wissen, sind wir eine akademische Institution, und es ist nicht unsere Aufgabe, uns in die Politik einzumischen.
Und könnten Sie bitte die allabendlichen Proteste vor dem College beenden? Abgesehen davon, dass Ihre Studierenden stattdessen im College arbeiten sollten, versammeln sich dort jetzt so viele von ihnen, dass es schwierig ist, in das College zu gelangen. Ich erinnere Sie noch einmal an Ihre Verantwortung als Mitglied der Historischen Fakultät und an den höheren Zweck der Bildung.

Hochachtungsvoll
Master Humphries

Nancy,

3.4.31

I cannot write much as I have to leave now with my family. The city is flooded and we must find higher ground. Watching the Shock unfold over the last two years I see that you were right all along. I do hope you will forgive me.

Your friend,
Rosemary xx

3.4.31

Nancy,

ich kann nicht lange schreiben, weil ich mit meiner Familie von hier weg muss. Die Stadt steht unter Wasser, und wir müssen auf sicheren Grund umziehen. Ich habe gesehen, wie sich der SHOCK in den letzten beiden Jahren entwickelt hat, und ich weiß nun, dass Du die ganze Zeit recht hattest. Ich hoffe, Du kannst mir verzeihen.
Deine Freundin

Rosemary xx

2032

Ich erinnere mich noch daran, als wäre es gestern gewesen …

Es war das Jahr 1969 – dein Großpa Jack war bei uns. Wir hatten uns gerade erst kennengelernt. Wir saßen mit meinen Eltern im Wohnzimmer vor dem Fernseher. Nach langem Warten sagte der Ansager, jetzt sei der Moment tatsächlich gekommen. Und dann geschah es: Neil Armstrong, der amerikanische Astronaut, kletterte die Leiter hinab und betrat den Mond.

Als ich sah, wie Armstrong über die Mondoberfläche hüpfte, musste ich einfach weinen. Ich fand es unheimlich beeindruckend, dass wir, die Menschheit, die technische und organisatorische Fähigkeit besaßen, eine Weltraummission durchzuführen.

Wahnsinn!

Und dann, 63 Jahre später, machte die Menschheit noch einmal einen Riesenschritt: Wir waren dabei, eine permanente Siedlung auf dem Mond zu gründen. Wir verdanken das unserer gesamten Spezies, denn dieses Ziel wäre nie erreicht worden, ohne dass zehntausende Menschen aus allen Völkern und vielen Ländern jahrzehntelang unter großen Anstrengungen, mit enormer Sorgfalt und viel Kreativität daran gearbeitet hätten.

Natürlich war es ein Zufall, dass die Einweihung von MoonBase1 nur wenige Monate, nachdem das WP sich mit dem SHOCK befasst hatte, stattfand, denn schließlich hatten die Vorbereitungen Jahre gedauert. Doch durch dieses Timing wurde das Thema nur noch aktueller. Und es kam zu einem Zeitpunkt, als Milliarden Frauen und Männer überall auf der Welt sich die ernste und äußerst beunruhigende Frage stellten: Ist unser Planet auf Dauer als Habitat für die Spezies Mensch geeignet? Und die nächste Frage war natürlich: Wenn wir nicht auf der Erde leben können, wo dann?

Die Antwort war: im Weltraum, genauer: innerhalb des Sonnensystems. Auf dem Mars vielleicht oder auf einem noch weiter entfernten Planeten. Und um leichter dorthin zu gelangen, hatte man beschlossen, ein Weltraumterminal auf dem Mond zu bauen. Raumschiffe direkt von der Erde zu starten, verlangte zu viel Energie. Es war also viel effizienter, Weltraumreisen vom Mond aus zu starten.

Ich erinnere mich noch genau an diese wenigen Minuten. Ich war mit Zehntausenden anderen Menschen im City-Kino. Wir sahen auf Riesenleinwänden live, was geschah. Das erste Mondmodul landete sanft auf der Mondoberfläche. Dann ein weiteres, und dann noch eins. Hunderte. Die Module waren siebzigmal so groß wie das Fahrzeug, das Armstrong und sein Team vor so vielen Jahren benutzt hatten. Die Raumschiffe hätten jetzt eigentlich Weltraumbusse genannt werden müssen. Schließlich war es ihre Aufgabe, Menschen wieder und wieder von der Erde zum Mond zu bringen.

Andächtig schaute ich zu, wie die Luken geöffnet wurden und alle herauskamen: die Techniker:innen, Ingenieur:innen und Organisator:innen, die Botaniker:innen und extraterrestrischen Städtebauarchitekt:innen. Hunderte. Alle hatten eine Tasche mit persönlichen Gegenständen dabei. Natürlich hatten sie schon jahrelang für dieses Projekt gearbeitet. Um das Terrain vorzubereiten, um „Wohnungen" für die Neuankömmlinge bereitzustellen. All das fühlte sich an wie eine wirkliche Kolonisierung des Monds.

Die Kameracrew folgte den Weltraumreisenden auf einer breiten von blinkenden Lichtern gesäumten Piste, bis zu einer Art kleinem Hügel. Ich fand die Landschaft erschreckend öde. Steine, Staub, trichterförmige Vertiefungen. Sicherlich war für die Weltraumpioniere alles sehr aufregend. Ihr Leben änderte sich grundlegend. Aber ehrlich gesagt wäre ich nicht gern dort gewesen. Jedenfalls noch nicht. Nicht, bevor sie alles etwas angenehmer gemacht hatten. Etwas menschlicher, möchte ich sagen. Eigentlich taten sie mir ein wenig leid.

Als sie sich dem Felsvorsprung näherten, kam eine große Öffnung in den Blick. Die Menschen gingen hinein, und nachdem ein Lift sie zwanzig Stockwerke in die Tiefe befördert hatte und sie eine Reihe von Luftschleusen und Desinfektionsräumen passiert hatten, konnten sie endlich ihre Schutzanzüge ausziehen. Sie waren jetzt in der Bio-Kammer.

Sie würden die nächsten fünf Jahre auf dem Mond zubringen. Das allein war schon eine große Errungenschaft. Bis dahin war der längste Zeitraum, den ein Mensch ununterbrochen im Weltraum zugebracht hatte, 437 Tage. So lange war der russische Kosmonaut Waleri Poljakow 1994 an Bord der Raumstation Mir gewesen. Länger sollten Menschen sich dort nicht aufhalten, denn die Evolution hat den menschlichen Körper dazu gemacht, unter den Bedingungen der Schwerkraft zu funktionieren. Im Laufe der Jahre hatte die Wissenschaft gelernt, dass Astronauten ernsthafte physische Probleme infolge der Schwerelosigkeit im Weltraum davontrugen. Sie litten unter Muskelschwund, auch was den Herzmuskel anbetraf. Ihr Knochengewebe wurde absorbiert, was zu Nierensteinen und Frakturen führte.

Die gute Nachricht war, dass die Schwerkraft des Monds immerhin fünf Sechstel der Schwerkraft der Erde betrug. Dies gab Anlass zu der Hoffnung, dass es hier weit weniger solcher Probleme geben würde. Ein Teil der Mission von MoonBase1 bestand darin, herauszufinden, ob eine Langzeitsiedlung außerhalb der Erde möglich und nicht gesundheitsschädlich war.

Die geringe Schwerkraft war dabei nicht das größte Problem. Neben dem logistischen Albtraum, alle Lebensmittel und vor allem alles Wasser zu transportieren, das die Siedler auf dem Mond brauchen würden, musste man mit der Bedrohung durch die extremen Temperaturunterschiede fertig werden. Die dünne Mondatmosphäre war hier kaum als Puffer geeignet; sie schützte auch nicht vor kosmischer Strahlung wie Sonnenflares, die für Menschen gefährlich ist.

Die Lösung bestand darin, dass die Menschen tief unter der Oberfläche leben würden; ihre Bio-Kuppel war in einem der zahlreichen großen Hohlräume unter der Mondkruste errichtet worden. Arbeit und Fortbewegung auf der Mondoberfläche würden streng beschränkt sein.

Eine andere große Herausforderung war die Energieversorgung. Da die Mondnacht 354 Stunden (oder 14,75 Erdtage) dauert, mussten Solarfarmen weit auseinanderliegend auf der Mondoberfläche angelegt werden, um eine ununterbrochene Versorgung zu gewährleisten. Die Fahrten zu diesen Solarfarmen und deren Unterhaltung würden mühsam, aber eminent wichtig sein. Eine andere wichtige Aufgabe war die Errichtung weiterer Bio-Kuppeln, um die Ansiedlung von weiteren Hunderten oder sogar Tausenden Menschen zu ermöglichen.

Es würde noch viele weitere Nachrichtensendungen dazu geben, aber für diesen Tag war es genug. Der Livestream endete mit einem Close-up auf die Neuankömmlinge, die lächelten und aus MoonBase1 herüberwinkten. Ich schloss mich den Zehntausenden um mich herum an, die laut applaudierten. Ich konnte beobachten, dass ich an diesem Abend nicht die Einzige war, die sich auf dem Heimweg Tränen des Stolzes aus dem Gesicht wischte.

Seitdem habe ich öfter gehört, dass Leute den Sinn dieser erstaunlichen Weltraummission infrage stellen. War es diese enormen Ausgaben wert?, fragen sie. Was hat die Menschheit davon? Die besonders kritischen sind sogar der Meinung, dass MoonBase1 nichts anderes als bloß das Hobby eines der superreichen Ethnarchen war. Ich weiß nicht mehr, welchen sie meinten. Vielleicht die Frau, der die ganz neue Social-Media-Plattform gehört, die ihr jungen Leute dauernd nutzt. Aber für mich war es doch mehr. Es war unsere Versicherungspolice für den Fall, dass die Dinge sich hier auf der Erde rapide verschlechterten. Es war der erste und wichtigste Schritt, um langfristig eine Alternative zum Planeten Erde zu schaffen.

MOON COLONY
#1
THE FUTURE OF HUMANKIND
MOON COLONY 20 32
SCAN THIS COUPON AND RECIEVE A COMMEMORATIVE SPACE DRONE IN THE ORIGINAL MOON COLONY DESIGN FOR JUST 149 GLOBALS (UGD). THE FIRST 1000 CUSTUMERS GET A MOON COLONY CAP FOR FREE.
COURTESY NASA / JPL-CALTECH

Notiz Nr. 8

Würde ich die Erde verlassen wollen? Es wäre toll, unseren Heimatplaneten vom Weltall aus zu betrachten. Und ich würde für mein Leben gern einmal spüren, wie es sich anfühlt, bei geringerer Schwerkraft herumzuspazieren. Aber ich glaube nicht, dass ich in einer Höhle im Mond leben möchte. Nicht einmal für ein Jahr. Auch wenn sie mit Super-Hightech ausgestattet wäre und alle möglichen coolen Besonderheiten hätte. Ich würde lieber normale Luft atmen. Bei dem Gedanken merke ich, dass ich meine Familie und mein Leben mag, wie es ist.

Bei Benji tappe ich im Dunkeln. Ich habe ihm mindestens fünf Messages geschickt – keine Antwort. Habe Midge um Hilfe gebeten. Midge meint: „Das hört sich ganz nach Benji an." Nicht sehr hilfreich. Was ist mit diesen Leuten bloß los? Ich dreh durch. Keine Ahnung, was ich machen soll.

Großma Nancy hat sich irgendwas eingefangen. Der Doktor sagt, dass es sich um eine Infektion handelt. Da macht man sich schon echt Sorgen. Wo doch jetzt so viele Bakterien gegen Medikamente resistent geworden sind, ist die Benutzung von Antibiotika ja total beschränkt worden. Kinder und junge Erwachsene werden bevorzugt behandelt, nicht alte Leute wie Großma. Und sie sieht – ich hasse, das zu sagen – wirklich alt aus. Wie wenn sie nicht mehr lange leben würde.

Katia wollte rüberkommen, aber ich habe ihr gesagt, dass es Großma Nancy nicht gut geht. Ein paar Minuten später hatte ich eine Voice-Note auf meinem All-in-One. Es war Katia, die ein Lied für Großma Nancy sang und sagte, sie würde später in der Woche vorbeikommen, um zu sehen, wie es ihr geht. Ich bin froh, eine Freundin wie Katia zu haben.

Wenn es Großma Nancy ein bisschen besser geht – und ich hoffe, das ist bald so –, will ich versuchen, das Gespräch schneller voranzubringen. Wir haben nicht mal die Hälfte der Jahre abgehandelt, die wir uns vorgenommen haben. Ich bin noch nicht mal auf der Welt! Wir müssen uns beeilen, wenn wir jemals an die Gegenwart herankommen wollen.

2033

Geduld, Billy, Geduld.

Da ist noch eine Sache, die ich erwähnen möchte, bevor wir zu deinem Geburtsjahr kommen. Es war im Jahr 2033. Aus heutiger Sicht finde ich es erstaunlich, dass es so lange gedauert hatte. Der Widerstand gegen eine Veränderung muss sehr groß gewesen sein. Von den Bauern, den Ladeninhaber:innen, den Restaurantbesitzern und natürlich vor allem von den Verbraucher:innen. Das Datum wird als eines der bedeutendsten in die Geschichte der Menschheit eingehen. So wie der 25. März 1807, als in England die Sklaverei abgeschafft wurde. Oder der 28. November 1893 in Neuseeland, als zum ersten Mal Frauen wählen durften. Oder der 8. Mai 1945, als die Idee, es könnte eine „Herrenrasse“ geben, in Deutschland besiegt wurde. Oder der 29. April 1997, als chemische Kriegswaffen in der ganzen Welt geächtet wurden.

Und was war das jetzige Ereignis? Es war so einfach wie weitreichend. Denn am 26. September 2033 wurde es weltweit illegal, Fleisch zu essen. Der Verbrauch von Tierprodukten war schon seit Jahren zurückgegangen. Manche Leute waren aus Gesundheitsgründen zu Vegetariern geworden. Zum Beispiel, weil das Verzehren von rotem Fleisch zu einem erhöhten Cholesterinspiegel führte. Andere fanden, dass die Aufzucht von Rindern, Schweinen und Hühnern zu aufwändig war. Dass es nicht möglich war, genügend

Fleisch für alle Erdenbewohner:innen zu produzieren und dass es unfair wäre, wenn nur wenige den Luxus des Fleischessens genießen könnten. Und noch mehr Menschen waren der Ansicht, dass es unmoralisch war, Tiere zu töten. Kühe, Fische, Schweine, Hühner und andere Tiere hätten ein Recht auf ein langes Leben in Gesundheit.

Und von hier aus war es nur noch ein kurzer Schritt zu der Überlegung, dass Menschen kein Recht hätten, Tieren ihre Produkte wie Milch, Eier oder Honig zu stehlen. Schon lange waren die Tage vorbei, als eine Maschine aus Metall und Plastik an den Euter einer Kuh angelegt worden war, damit ein menschlicher Säugling ihre Milch trinken konnte.

Es gab noch immer Handtaschen, Handschuhe, Mäntel, Schuhe und Gürtel, die aus Tierhaut angefertigt waren, allerdings nur noch in den teuersten Luxusgeschäften. Schon seit zehn Jahren waren keine Medikamente mehr an Tieren getestet worden. Und mittlerweile konnte man nicht-tierisches „Fleisch" kaufen, das genauso gut aussah und schmeckte wie Fleisch, aber viel preiswerter war.

Zu Jahresbeginn 2033 verbrauchten oder nutzten nur noch 15 Prozent der Weltbevölkerung Tierprodukte. Ich muss bekennen, wir gehörten zu den 15 Prozent. Wir in unserer Familie hatten immer gern Fleisch gegessen. Nackensteaks, Roastbeef, hausgemachte Hamburger, Bratwurst, Coq au vin. Alles sehr lecker. Allein der Gedanke daran lässt mir noch heute das Wasser im Mund zusammenlaufen.

Jacks Großvater war Metzger im Londoner Eastend, wie dessen Vater und Großvater zuvor. Die Kenntnisse, die man haben musste, um ein Tier fachgerecht zu töten, wurden wie ein Familiengeheimnis von Generation zu Generation weitergereicht. Es lag uns sozusagen im Blut. Wir verstanden die ganzen Argumente gegen das Fleischessen, aber wir waren auch der Meinung, dass Schlachten in

Ordnung war, wenn die Tiere sorgfältig aufgezogen wurden und ihr Leben bis zum Schluss genießen konnten.

Für uns war Fleisch „bio“ und „natürlich“. Wozu waren wir denn mit einem Raubtiergebiss ausgestattet, wenn nicht, um Fleisch zu essen? Und gehörte die Tatsache, dass wir pflanzliche und tierische Nahrung zu uns nahmen, nicht zu den bezeichnenden Eigenschaften von uns Menschen? Waren wir nicht Omnivoren, seit die ersten Hominiden die Savannen Afrikas durchstreift haben? Alles in Maßen, sagten wir uns. Also aßen wir zwar Fleisch, aber viel weniger als zuvor. Einmal monatlich im Durchschnitt, nie öfter als einmal in der Woche. Doch Quentin hatte schon lange vor dem Verbot aufgehört, Fleisch zu essen. Ich erinnere mich, wie er sagte: „Wie könnt ihr nur Fleisch essen? Das ist so grausam!“ Ich wusste nicht recht, was ich darauf antworten sollte.

Zum Jahresende 2033 begann alles anders zu werden. Schon lange war bekannt, dass Tiere sehr wohl Schmerz empfinden, und dementsprechend hatten Metzger wie Jacks Familie Techniken des „humanen“ Tötens entwickelt. Saubere und schnelle Techniken.

Doch jetzt, nach den dramatischen Fortschritten in der Inter-Spezies-Kommunikation, die an europäischen und asiatischen Universitäten erzielt worden waren, konnten Menschen es direkt von den Tieren selbst erfahren. In einem epochemachenden Dialog äußerte ein Schwein ungefähr diese Worte: „NICHT TOTMACHEN!“ Offenkundig empfanden Tiere Angst, bevor sie geschlachtet wurden. Das war sogar für die hartgesottensten Fleischesser zu viel. Schließlich, als deutlich wurde, wie sehr die Tiere vom Handel mit ihrem Fleisch traumatisiert waren, entschied das WP. Und so wurde Fleischverzehr illegal.

Und schon in wenigen Jahren, wie durch Zauberei, fanden alle diese Entscheidung überfällig. Es war wie nach der Abschaffung der Sklaverei oder nach der Einführung des allgemeinen Wahlrechts: Was zuvor normal war, war nun unvorstellbar – nämlich Tiere und Tierprodukte zu nutzen, ihr Fleisch, ihre Eier, ihre Haut, ihre Knochen oder ihre Stoßzähne. Fleisch zu essen war inzwischen genauso schlimm wie seine Mitmenschen aufzuessen. Es war nicht mehr nur illegal, es war tabu.

Eine der Folgen des Fleischverbots war das Verschwinden des Nutzviehs aus der Landschaft. Allein in den USA sank der Viehbestand binnen fünf Jahren von fast hundert Millionen auf weniger als hunderttausend. Das letzte Vieh wurde für wissenschaftliche Zwecke und in Zoos gehalten.

In Neuseeland, wo es beinahe vierzig Millionen Schafe gegeben hatte, das heißt, fast zehn Schafe pro Kopf der Bevölkerung, lebten nur noch weniger als zehntausend Schafe. Doch den größten Verlust gab es bei Hühnern. In nur 24 Monaten nach dem Fleischverbot fiel die Zahl der Hühner auf der Erde von zwanzig Milliarden auf weniger als hunderttausend. Allein in China gab es fünf Milliarden Hühner weniger als zuvor.

Von allen Tierschutzgesetzen fand ich das Pferdeschutzgesetz am schwersten zu akzeptieren. Jahrhundertelang hatten Menschen und Pferde harmonisch zusammengearbeitet. Gemeinsam hatten sie die Felder Nordeuropas gepflügt, die Herden im Westen Amerikas zusammengehalten und die mongolischen Steppen durchmessen. Ich verstand das Argument, dass manche Reiter ihre Tiere grausam behandelten, allzu viel von der Trense und der Peitsche Gebrauch machten. Doch die Zusammenarbeit von Mensch und Pferd für gesetzwidrig zu erklären, ging mir einen Schritt zu weit. Vielleicht sogar zwei Schritte.

Ich erinnere mich noch, wie ich ein paar Jahre nach dem Verbot auf dem Land gewandert bin und überwältigt war von der Stille. Keine Schafe blökten mehr auf den Wiesen, keine Pferde wieherten mehr, und keine Kühe wanderten umher, auf der Suche nach einem

Fleck mit frischem Gras. Doch wie immer haben wir uns auch daran schnell gewöhnt.

Aber natürlich waren da noch die wilden Tiere, wie die Schwarzbären, Wölfe, Pumas und Elche in den USA. In Europa hatten wir Gämsen, Dachse, Rentiere und Wildschweine, in manchen Gegenden Afrikas Elefanten, Löwen, Giraffen und Zebras. Doch alle diese Tiere hielten sich meist weit von den menschlichen Siedlungen entfernt.

Im Meer gab es dagegen einen deutlichen Anstieg der Tierpopulationen. Denn auch die Fischerei war verboten worden, und schon bald verzeichneten die Meeresbiologen deutlich größere Fischbestände.

Es ging aber nicht nur um die Nutztiere. Angesichts der Lebensmittel- und Energieknappheit nach dem SHOCK fand man es ebenso unpraktisch wie unmoralisch, Haustiere zu halten. Die Gesetze zur Heimtierhaltung waren nicht sehr streng, aber sie legten es einem dringend nahe, alle Haustiere abzuschaffen.

Viele Menschen fanden es unglaublich schwer, sich von ihren Hunden, Katzen oder Schildkröten zu trennen. Tatsächlich war dies von allen Veränderungen, die ich in den letzten Jahrzehnten erlebt habe, die, die zu vollziehen die Menschen am traurigsten fanden. Die Haustiere wurden auf Bauernhöfe auf dem Land verfrachtet, wo sie kastriert wurden. Dort verbrachten sie ihre letzten Jahre, bis sie auf natürliche Weise starben. Einige Menschen behielten ihre Haustiere jedoch und kümmerten sich heimlich um sie. Hinter verschlossenen Türen. Sie fütterten sie mit Abfall. Aber das war leider die Ausnahme, nicht die Regel.

In einer schockierend kurzen Zeit wurde die Interaktion der Menschen mit Tieren abrupt beendet. Nach vielen Jahrhunderten wechselseitiger Abhängigkeit gab es auf dem Planeten eine klare Grenze zwischen der Welt der Menschen und der der Tiere.

Aus Großma Nancys alten Kochbüchern

Notiz Nr. 9

Großma Nancy hat mich in ihre Schlafkapsel gerufen und gesagt, sie möchte weitermachen. Ich war echt froh zu sehen, dass es ihr besser ging. Ihre Wangen haben wieder Farbe, und ihre Augen blitzen wieder.

Aber da ist noch etwas anderes. Ich glaube, ihr ist klar geworden, dass ihre Zeit zu Ende geht. Wie wenn die Zeit knapp geworden wäre. Wir reden ein paar Minuten, dann sagt Großma Nancy, sie ist müde und muss sich ausruhen. Bevor ich rausgehe, drückt sie mir Onkel Quentins Trauerkarte in die Hand. Ich weiß nicht, was ich sagen oder tun soll. Ich drücke Großma Nancy noch einmal fest. Das scheint zu helfen. Ich hoffe, wir können mehr über ihn sprechen, aber ich will keinen Druck machen. Ich hätte Quentin gern kennengelernt.

Es klingt eigentlich ziemlich schön, ein nicht-menschliches Tier in der Wohnung zu haben. Ich würde gern wissen, wie das Gefühl ist, wenn man eine schnurrende Katze auf dem Bett hat oder für einen Hund einen Stock wirft. Bei Fuß, Fido, bei Fuß! Das muss Spaß gemacht haben.

Großma Nancy hat mir auch einen ganzen Stapel mit Postkarten und Briefen gegeben, die sie mit ihrer Freundin Rosemary ausgetauscht hat. Sobald ich sie gelesen habe, werde ich sie an der richtigen Stelle in die Geschichte einfügen.

Ich habe eine Nachricht von Benji. Endlich. Hen hat mich nicht vergessen. Hen war in Haft. Mehr wollte hen mir nicht in den Interwebs mitteilen. Hen möchte mit mir persönlich sprechen. Wir versuchen, uns in den nächsten Tagen zu treffen.

Jetzt sind wir schon fast da, wo ich in der Weltgeschichte auftauche. Ich bin gespannt, was zu der Zeit passiert. Ich hoffe, ich kann mich noch an ein paar Ereignisse erinnern. Das wird alles für mich noch interessanter machen. Ich kann dann Großma Nancys Erinnerungen mit meinen vergleichen.

In small proportions we just beauties see;
And in short measures life may perfect be.
Ben Jonson

CELEBRATING THE LIFE OF
Quentin Henry Schmidt

IN LO

Quentin

June 29, 1974 – October 15, 2033

*"But I could have told you,
This world was never meant
For one as Beautiful as you."*
"VINCENT", DON MCLEAN

LL BEARERS

Robert Johnson
Benjamin Rothenbaum
Petra Florentina

David Hirst
Yasmeen Akhtar
Theodore Best

FUNERAL SERVICE
Tuesday, October 30, 2033, 10.00am
Granchester Meadow (near Red Lion),
Cambridgeshire, England

ORDER OF SERVICE
Welcome
It's The End of the World as We Know it (R.E.M)
Remembrance (Benji)
Poem (Professor Nancy Schmidt)
I need to Wake Up (Melissa Etheridge)

PRIEST
Tulip Azizi

ACKNOWLEDGEMENT
We are sincerely grateful to the many friends who have
given us support and comfort during this time of loss.
Your presence helped to lighten our burden.

Einladung zu Quentins Trauerfeier

Im kleinen Maßstab wirkt alles ganz wunderschön
Im Kleinen mag das Leben vollkommen vergeh'n.
Ben Jonson

Wir feiern das Leben von
Quentin Henry Schmidt

Zur Erinnerung an
Quentin Henry Schmidt

29. Juni 1974 - 15. Oktober 2033
„Aber ich könnte euch gesagt haben,
Diese Welt war nie gemacht
Für einen so schön wie du."
„VINCENT", DON MCLEAN

DIE SARGTRÄGER

Robert Johnson
Benjamin Rothenbaum
Petra Florentina
David Hirst
Yasmeen Akhtar
Theodore Best

TRAUERFEIER
Dienstag, den 30. Oktober 2033 um 10 Uhr
Granchester Meadow (beim „Red Lion")
Cambridgeshire, England

DIE FEIER:
Begrüßung
It's the End of the World as We Know it (R.E.M.)
Erinnerungen (Benji)
Gedicht (Professor Nancy Schmidt)
I Need to Wake Up (Melissa Etheridge)

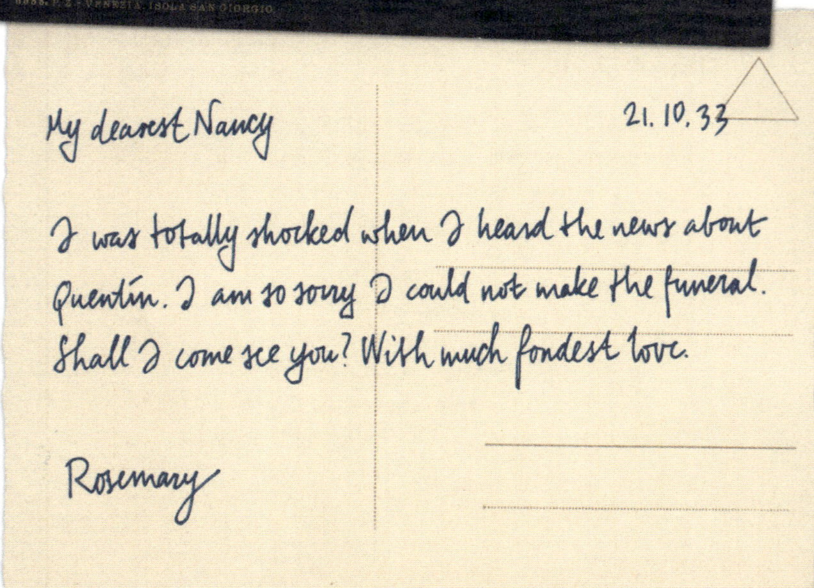

My dearest Nancy

21. 10. 33

I was totally shocked when I heard the news about Quentin. I am so sorry I could not make the funeral. Shall I come see you? With much fondest love.

Rosemary

21.10.33
Liebste Nancy,

ich war zutiefst erschüttert, als ich gehört habe, was mit Quentin passiert ist. Es tut mir wirklich leid, dass ich nicht zur Beisetzung kommen konnte. Möchtest Du, dass ich Dich besuche?

Aus tiefstem Herzen die Deine,
Rosemary

Abschrift einer weiteren Postkarte von Rosemary

4.1.2034
Nancy,

Ich hoffe, Du hast meine Karten erhalten. Ich habe nichts von Dir gehört. Ich versuche, mir vorzustellen, wie das für Dich sein muss, aber ich habe natürlich keine Ahnung. Bitte fühl Dich nicht verpflichtet, mir zu schreiben, aber Du sollst wissen, ich liebe Dich sehr.

Mit sehr, sehr viel Liebe

R.

2035

Das war das Jahr des Krankenhauswunders!

Ich bin ihnen so dankbar: Tim Berners-Lee, Vint Cerf, Peter Kirstein und den anderen Gründern des World Wide Web vor so vielen Jahren.

Warum ich so dankbar bin? Weil die Ärzte dir im Sommer 2035 das Leben gerettet haben.

Deine Mutter war viel jünger als dein Vater – sie war 44 – und du warst so klein, als du herauskamst. Nachdem du ein paar Wochen auf der Welt warst, schwollen plötzlich dein Hals und deine Zunge an, du fingst an, schrecklich zu würgen und rangst um Atem. Ich war in Panik. Besonders, weil ich doch gerade erst Quentin verloren hatte.

Wir brachten dich schnellstens ins Krankenhaus, und dort checkten sie über die Interwebs alle verfügbaren Daten zu unserer Familie. Inzwischen waren ja alle medizinischen Berichte digitalisiert und von allen Gesundheitsinstitutionen einsehbar. So stellten sie fest, dass Jack, dein Großpa, in seiner Jugend eine schlimme Allergie gegen Hafer und damit auch gegen Hafermilch hatte. Die aber war dir zur Muttermilch zugefüttert worden, und offenbar hattest du die Allergie geerbt. Diese Erkenntnis rettete dir das Leben.

Seit dem Beginn digitaler Aufzeichnungen waren die Krankenhäuser geradezu besessen vom Datenschutz – wie ich finde, ganz zu recht. Weil es noch keine Technologie gab, die Daten jedes Einzelnen sicher zu schützen, hatte jedes Krankenhaus oder jedes Krankenhausunternehmen sein eigenes Datensystem, mit der Folge, dass es für sie so gut wie unmöglich war, Informationen auszutauschen. Doch seit es den Vollen Datenschutz, VDS, gibt, bei dem Daten nur durch den Datenbesitzer – in diesem Fall mich – freigegeben werden können, können auch persönliche Daten universell genutzt werden.

Allerdings ist dieser Durchbruch erst nach den Netzkriegen gelungen.

Der Erste Netzkrieg fand zwischen China und den USA statt. Jahrelang hatte China das Internet zensiert und kontrolliert. Die Chinesen durften Google (damals der größte Konzern der Welt, bis ein Journalist den großen Skandal öffentlich machte) und andere Suchmaschinen nicht nutzen. Um diese sogenannte „Chinese Firewall" zu durchlöchern, verhängte die amerikanische Präsidentin eine Wirtschaftsblockade, die von China und seinen Verbündeten mit wirtschaftlichen Vergeltungsmaßnahmen beantwortet wurde. Schon bald befanden sich beide Länder in einer tödlichen Spirale von wechselseitigen Handelshindernissen, die die Aktienmärkte austrockneten und eine weltweite Rezession befürchten ließ. Als die Straßen in Hongkong, Shanghai und Peking sich mit Millionen von Protestierenden füllten, wurde der chinesischen Regierung klar, dass sie keine andere Wahl hatte, und sie riss die Firewall ein. Zum ersten Mal war digitales Material frei für jeden auf der Welt verfügbar, der oder die einen Netzzugang hatte.

Dann kam der Zweite Netzkrieg. Er wurde ausgelöst durch die Ankündigung des weltgrößten Providers von digitalen Daten, dass die Interwebs ab sofort in drei unterschiedliche Ebenen aufgeteilt worden waren: Saturn war die teuerste, mit der höchsten Geschwindigkeit und dem besten Content. Neptun bot zwar brauchbare

Programme und Daten, war aber erheblich langsamer als Saturn. Pluto schließlich eröffnete kaum Zugang zu interessanten Inhalten, sondern beschränkte sich auf Regierungsankündigungen, Wetterberichte, religiöse Podcasts und Finanzberichte, und dies nur bei erbärmlich niedrigen Geschwindigkeiten. Binnen Tagen wurden Milliarden Menschen und Millionen Firmen mehr oder minder von den Interwebs abgeschnitten. Inzwischen war aber der Zugang zu digitaler Information so lebensnotwendig geworden wie die Luft, die wir atmen, oder die Nahrung, die wir zu uns nehmen. Es war essentiell für die nationale wie für die persönliche Sicherheit. Die Interwebs der Dinge waren allgegenwärtig und betrafen uns alle. Sie stellten die Geschwindigkeit ein, mit der der Herzschrittmacher in der Brust eines Menschen den Herzmuskel stimulierte, sie stellten Hunderttausende von Windrädern auf die Windstärke und -richtung ein und bestimmten die Höhe, Geschwindigkeit und die Bahnen von mehr als fünfhundert Wettersatelliten.

Die Leute hatten gerade erst begonnen, sich an das neue System zu gewöhnen, als es zur Katastrophe kam. 2033 wurden wir von einem massiven Sonnensturm, also ungewöhnlich heftigen Protuberanzen, getroffen, der einen großen Teil der Interwebs lahmlegte. Das Licht war so hell, dass Menschen mitten in der Nacht aufwachten und dachten, es sei Morgen. Viele waren betört von der Schönheit der Lichterscheinungen, den purpurnen, blauen und grünen Girlanden, die über den Nachthimmel flackerten. Das letzte Mal hatte der Planet im Jahr 1859 etwas Ähnliches erlebt, das sogenannte Carrington Event, das einen großen Teil des Telegrafensystems der Welt zerstörte. Der Sonnensturm von 2033 war für die Ethnarchen eine Krise zu viel. Sie konnten nicht zulassen, dass die Interwebs derart verletzlich waren.

Die Lösung des Problems war radikal. Das Weltparlament globalisierte die Interwebs und investierte sehr viel Geld, um uns vor künftigen Sonnenstürmen zu schützen. Von nun an galten die Interwebs als planetarisches Gut, wie die Atmosphäre und die Ozeane, und standen allen Menschen kostenlos zur Verfügung.

Einer der Vorteile dieses kühnen Schritts war, dass die Interwebspolizei zentralisiert werden konnte. Seit Jahren hatten wir unter Interwebsmissbrauch gelitten. Menschen schrieben auf den Social-Media-Plattformen hässliche, empörende und schreckliche Dinge über andere Menschen, doch diesen digitalen Vandalen war kaum beizukommen. In den USA und in Europa wurden sie „Trolle" genannt, in Japan „Arashi" (Kehricht), in Thailand „Krian" (Junge mit ganz kurzen Haaren) und in China „Weißaugen" (ohne Iris und Pupillen). Diese Kriminellen richteten falsche Accounts ein und versteckten sich hinter falschen IP-Adressen, die in Ländern beheimatet waren, die keinerlei Datenschutz und keine Datenverantwortlichkeit kannten.

Jetzt aber, da das WP die Kontrolle über die Interwebs hatte, war es nicht nur möglich zu handeln; es wurde gehandelt. Binnen drei Monaten entstand eine Datensammlung von Trollen – sogenannten „Interwebs-Schurken" – und die Zahl der Fälle von Online-Missbrauch sank von mehreren zehn Millionen auf ein paar hundert Fälle. Du hast recht gehört: ein paar hundert. Aus einem einfachen Grund: Wenn ein Troll dingfest und über die Adresse eine wirkliche Person ausfindig gemacht wurde – was jetzt möglich war –, wurde diese Person mit einem lebenslangen Interwebs-Bann belegt. Das war eine solch drakonische Strafe, dass sie fast jeden Troll, jeden Krian oder jedes Weißauge auf dem Planeten abschreckte.

Nach der Globalisierung der Interwebs gab es dramatische Fortschritte bei der Datensicherheit, die schließlich zum VDS führten. Und dein Leben retteten.

Abschrift einer Postkarte von Rosemary

5.7.2035

Nancy,

es war so schön! Ich habe mich so gefreut, eine Woche mit Dir verbringen zu können. Diese herrlichen Pasteten! Die frischen Erdbeeren! Die erinnerten mich an die, die wir in Venedig immer hatten. Wie ich die schöne Stadt vermisse! Und es war so wunderbar, Deine kleine Enkelin zu sehen. Billy ist ein wunderschönes Baby! Schreib mir bald!

Ganz liebe Grüße
Rosemary

Notiz Nr. 10

Ich sage Großma Nancy, dass ich es ein bisschen komisch finde zu sehen, dass mein Name von Rosemary erwähnt wird. Ich wüsste nicht, ob ich jetzt in ihrer Geschichtsschreibung vorkommen sollte. Statt die Frage direkt zu beantworten, hat mir Großma etwas ziemlich Merkwürdiges erzählt. Es gibt, sagt sie, eine wunderschöne Uhr in einem weißen Turm, der einen Platz in der Stadt Padua in Italien beherrscht. Es ist vielleicht die älteste Uhr überhaupt. Sie stammt aus dem Jahr 1344. Es ist eine 24-Stunden-Uhr; der Zeiger, auf dem die Sonne abgebildet ist, geht also an einem Tag einmal herum, nicht zweimal wie normal. Außen um die Uhr sind die Tierkreiszeichen angeordnet, und im Zentrum sitzt die Erde. Es sieht also so aus, als würde die Sonne um die Erde kreisen. Denn vor Jahrhunderten, sagt Großma Nancy, glaubten die Menschen noch, dass die Sonne und die Planeten um die Erde kreisen. Doch das war die falsche Perspektive. „Die Frage ist nicht, ob du in der Geschichtsdarstellung vorkommst, die ich erzähle. Die Frage ist, was deine Position in der Zeitgeschichte ist."

Benji hat mich besucht und mir das Notizheft zurückgegeben, das ich hen geliehen hatte. Ich war sauer, dass das so lange gedauert hatte, aber froh, dass ich es wiederhatte. Also war ich nett.

Benji sagte: „Ich kann einfach nicht glauben, dass die Leute wussten, dass der SHOCK kommen würde und nichts gemacht haben."

Genau das hatte ich ja auch gedacht, und so habe ich geantwortet: „Ich wünschte, ich könnte es ihnen noch sagen."

Auf einmal hörte Benji auf herumzuzappeln. So ruhig hatte ich hen noch nie erlebt. Völlig bewegungslos. Hen blinzelte noch nicht einmal.

„Und wenn wir es könnten?", fragte hen.

Keine Ahnung, wovon hen sprach.

„Wenn wir was könnten?", fragte ich.

„Wenn wir eine Botschaft zurückschicken könnten?", antwortete hen.

Ich fing an zu lachen, doch ich war die Einzige, die lachte. Benji meinte es ernst. Hen bat darum, das Heft noch einmal mitnehmen zu dürfen. Das brachte mich wieder zum Lachen.

„Auf keinen Fall", sagte ich, „du hast es doch gerade erst zurückgebracht!"

Aber hen hatte so einen stahlhart entschlossenen Blick. Also habe ich es hen gegeben. In dem Augenblick bemerkte ich, dass Benji diesmal keinen Faden zwischen hens Händen hatte. Ich fragte hen also, ob hen Fortschritte bei „Zwei Kojoten laufen voneinander weg" gemacht hätte.

Hen guckte mich schlecht gelaunt an. „Vielleicht hat mir meine Großma es gar nicht beigebracht", sagte hen, „vielleicht ist das eine falsche Erinnerung."

Jetzt, wo ich diesen Satz aufschreibe, frage ich mich, ob ich falsch verstanden habe, was Benji über „eine Botschaft zurückschicken" gesagt hat. Muss wohl.

Großma Nancy hat heute mehr Kraft, ich beschließe deshalb, mit dem Geschichtskurs weiterzumachen. Ganz nach Großmas Motto: „Man muss das Eisen schmieden, solange es heiß ist." Ich hatte das Gefühl, es wäre noch ein bisschen zu früh, mehr über Quentin herausfinden zu wollen. So frage ich nach angenehmeren Erinnerungen. Ich frage, womit die Leute sich unterhalten haben und wie sich die Unterhaltungsangebote im Laufe der Jahre verändert hatten.

2037

Als ich in den 1950er und 1960er Jahren aufwuchs, bin ich oft ins Kino gegangen (ich fand vor allem Krimis toll) und habe unsere Fußballmannschaft angefeuert (wir sind drei Mal Meister geworden!). Ich bin auf unserem Teich Schlittschuh gelaufen, wenn er zugefroren war, und meine Freunde und ich haben uns Limo und Süßigkeiten am Kiosk an der Ecke gekauft. Das waren kleine Freuden, aber sie haben mich glücklich gemacht.

Später, als junge Erwachsene, bin ich mit meinen Freunden – es gab einige davon! – im Park spazieren- oder zu Tanzparties gegangen. Unsere Lieblingsmusiker waren Buddy Holly, die Beatles und Elvis. Als ich dann mit Jack verheiratet war, nahmen wir Quentin und Robert mit zu einer lauschigen Ecke im Park, breiteten eine Decke aus und aßen, was wir zu Hause vorbereitet hatten. Wir nannten das Picknick und fanden es wunderbar.

Ich möchte hier innehalten und etwas zu dem Ausdruck sagen, den ich gerade benutzt habe, nämlich „junge Erwachsene". Es ist interessant zu beobachten, wie die Bedeutung der Wörter sich mit der Zeit oft verändert. Seinerzeit teilten wir ein Menschenleben gewöhnlich in vier Lebensalter ein: Kindheit, Jugend, mittlere Jahre und Alter. Heute, da viele bis zu 120 oder 130 Jahre alt werden, passt das aber nicht mehr.

Wir sprechen heute von acht Phasen:

- Kleinkindalter (0–5 Jahre)
- Kindheit (5–20 Jahre)
- Jugend (20er und 30er Jahre)
- Junges Erwachsenenalter (40er und 50er Jahre)
- Frühes mittleres Alter (60er und 70erJahre)
- Spätes mittleres Alter (80er und 90er Jahre)
- Reifes Alter (100er und 110er Jahre)
- Hohes Alter (von den 120er Jahren an)

Einige Wissenschaftler sagten voraus, dass wir mit der steigenden Lebenserwartung unser Aussehen ändern würden. Wir würden kindlicher aussehen. So wie das bei den Hundeartigen geschehen ist. Im Vergleich zu ihren Wolfsahnen haben Hunde heute kürzere Schnauzen und weiter auseinanderstehende Augen, so wie Welpen. Sie nennen diesen Prozess „Neotenie". Die Forscher behaupteten, die Menschen würden bald größere Köpfe, flachere Gesichter und kürzere Arme und Beine haben. Bis jetzt haben wir noch nichts davon gemerkt, was wahrscheinlich ein gutes Zeichen ist. Aber da die Menschen immer länger leben, wird das vielleicht ein paar Generationen später eintreten.

Als ich jung war, galt achtzehn als das magische Alter. Wie habe ich als Kind davon geträumt, so alt zu sein! Wenn ich achtzehn wäre, sagte ich mir, wäre ich erwachsen. Ich würde Alkohol trinken und den Führerschein machen können, ich würde mit der Schule fertig sein und arbeiten können. Ich würde zu Hause ausziehen und eine eigene Wohnung haben.

Das ist alles völlig anders geworden. Heute verlässt kaum jemand vor dem Alter von dreißig Jahren das Elternhaus. Viele bleiben sogar bis in die Vierziger. Es ist einfach zu teuer, eine eigene Wohnung zu mieten. Und tatsächlich wird sich für dich und meine anderen Enkel die Kindheit verlängern. Du wirst erst zehn Jahre später für dich selbst sorgen müssen als meine Kinder, vielleicht sogar noch später.

In mancher Hinsicht, finde ich, ist das eine gute Sache. Weniger Stress, mehr Möglichkeiten, Spaß zu haben, mehr Zeit herauszufinden, was du magst und was nicht, verschiedene Rollen auszuprobieren, mit dem Leben zu experimentieren, bevor du zu der Person wirst, die du für den Rest deines Lebens bleiben wirst. Gleichzeitig blicke ich etwas wehmütig auf das wagemutige Abenteuer zurück, das das Erwachsenwerden für uns war. Rausch und Exzess, Gefahr. Das Risiko, auf eine falsche Bahn zu geraten, mit allen Konsequenzen. Alles war so wichtig.

Noch etwas hat sich seit meiner Kindheit von Grund auf verändert. Alleine davon zu sprechen finde ich schon grausam – doch als ich aufwuchs, wurden alte Menschen in spezielle Heime gesteckt. Ich weiß, es klingt schrecklich. Jahrzehntelang waren sie allein für sich verantwortlich gewesen, konnten selbst ihr Essen zubereiten, einkaufen gehen und Freunde besuchen – und dann verloren sie von einem Tag auf den anderen ihre Unabhängigkeit. Schnell wurden sie verwirrt und vergesslich. Sie waren einsam und unglücklich. Also gaben die Leute, die die Heime leiteten, ihnen gemütsaufhellende Pillen, damit sie besser mit ihnen zurechtkamen. Doch die alten Menschen waren jetzt nur noch ein Schatten ihrer selbst. Es war wirklich furchtbar traurig.

Heute ist das alles natürlich anders. Wir wissen, dass es für unsere Gesundheit das Beste ist, wenn wir möglichst viel Anregung bekommen. Wo sollte eine reife oder ältere Person also am besten leben? Natürlich mit ihren Kindern, Enkeln und Urenkeln. Der Lärm und die Unruhe ist gut für sie. Die Liebe, die Zuwendung, die Dramen. Sogar deine Launen, Billy!

Noch wichtiger ist es vielleicht, dass Menschen im reifen Alter und natürlich auch im hohen Alter von Menschen umgeben sind, die sich an die alten Geschichten, an die Familienanekdoten, erinnern können. Denn vor allem anderen sind wir Menschen Geschichtenerzähler. Was meinst du denn, wozu wir sonst jede Nacht träumen? Wir sind biologisch so ausgestattet, dass wir Erzählungen schaffen, mit unterschiedlichen Charakteren, mit Konflikten und Spannungen. Und mit wem könnten wir sie besser austauschen als mit den Menschen, mit denen wir ein Leben lang zusammengelebt haben?

Entschuldige bitte. Ich bin abgeschweift. Jetzt also zurück zu deiner Frage nach unseren Formen der Unterhaltung. In meinen 40er und 50er Jahren hatten wir so viel Spaß. Zwei Jahrzehnte des Glücks. Das goldene Zeitalter des Luxus. Wir arbeiteten hart, besuchten Rockkonzerte, gingen einkaufen und hatten Essenseinladungen bei Freunden. Für meinen lieben Jack habe ich teure Geschenke gekauft, für mich Kleider, Bücher und Make-up. Und für die Jungen Spielzeug und Spiele, wann immer mir danach war.

Mein ganzes Leben lang bin ich in Ladengeschäften einkaufen gegangen und habe gehofft, dass es dort gab, was ich suchte. Doch das war reine Glückssache. Oft wurde ich enttäuscht und musste nehmen, was gerade am Lager war. Als in meinen Sechzigern das Internet aufkam, war das Einkaufen nur noch die reinste Freude. Mit einem Klick konnte ich unsere Wocheneinkäufe bestellen und an die Haustür liefern lassen. Ich konnte ein besonders rares Teil für mein Auto bestellen oder ein antikes Glas oder was immer mich interessierte. Es war wie ein Wunder.

Das beste aber waren unsere Reisen. Und wie wir gereist sind! Die Flüge waren so billig. Wir konnten hinfliegen, wo immer wir in der Welt hinwollten. Es dauerte gerade einmal fünf Minuten im Internet, um einen Flug in ein anderes Land zu buchen, und schon war alles organisiert. Wenn wir gelandet waren, mieteten wir ein Auto und stiegen in einem hübschen Hotel ab, sodass wir uns um nichts weiter zu kümmern brauchten. Es war herrlich! Wir konnten so weit reisen und so viel konsumieren, wie wir wollten.

Doch als ich in meinen Siebzigern war, begann sich das zu ändern, wie du ja weißt. Die 2020er Jahre brachten eine Krise nach der anderen. Die Regierungen klärten uns darüber auf, dass wir zu viele Ressourcen verbrauchten. Dass wir an die Grenzen dessen gelangt waren, was der Planet aushalten konnte. Und dass wir weniger aufwändig leben müssten.

Ich erinnere mich, dass jetzt immer wieder derselbe Slogan auf Plakaten an den Straßen, auf Bussen und online auftauchte:

WENN SIE MORGEN MEHR WOLLEN,
LEBEN SIE HEUTE WENIGER

Das bedeutete: weniger kaufen, weniger reisen, weniger neue Sachen. Und auch: alte Sachen reparieren und recyceln, mit den Dingen, die man hat, zufrieden sein. Und in vernünftigeren Häusern leben.

So änderten sich unsere „Freizeitaktivitäten" erneut. Wir guckten immer noch Filme, und glaub mir, sie waren großartig! Die Handlung war so ergreifend, spannend und komplex. Die Bild- und Soundeffekte waren erstaunlich. Und die Schauspieler waren grandios!

Ich habe „Schauspieler" gesagt, doch genau genommen hatten wir schon lange Zeit keine menschlichen Schauspieler mehr gesehen. Es hatte mit Kinderfilmen über Tiere angefangen. Die Studios hatten eine Computertechnologie entwickelt, mit der sie Bewegtbilder von Löwen, Elefanten und Affen samt den Landschaften, in denen sie sich bewegten, produzieren konnten, die völlig lebensecht wirkten. Sie nannten das „Fotorealismus". Bald wandten sie dieselbe Technik auch mit großem Erfolg auf Menschenrollen an. Um den Übergang überzeugend zu gestalten, benutzten die Regisseure Material von alten Filmen und bauten neue Charaktere darauf auf.

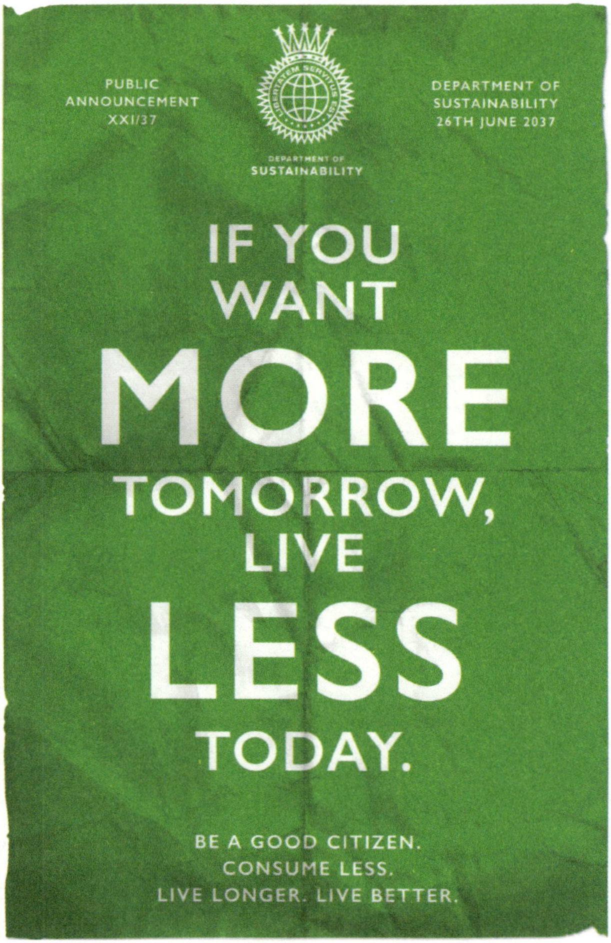

Öffentliche Ankündigung

Ministerium für Nachhaltigkeit

WENN SIE MORGEN MEHR WOLLEN,
LEBEN SIE HEUTE WENIGER

Seien Sie ein guter Bürger.
Verbrauchen Sie weniger.
Leben Sie länger. Leben Sie besser.

Niemand merkte, dass man computergenerierte Schauspieler sah. Stattdessen waren die Zuschauer verblüfft, wozu diese Filmstars in der Lage waren: von Wagen zu Wagen zu springen während einer Verfolgungsjagd, sich ohne Atemgerät im Weltall oder unter Wasser zu bewegen, mühelos mehrere Sprachen zu sprechen.

Ein anderer großer Unterschied war der, dass wir jetzt, statt einen Film zu Hause anzusehen oder zum lokalen Kino zu laufen, um den letzten Blockbuster mit vielleicht hundert anderen zu gucken, den Film mit 10 000 anderen Menschen genossen. Mit zwanzig Metern Höhe und fünfzig Metern Breite war die Leinwand riesig. Und der Sound war so, als wollte er einem das Gehirn wegpusten. Es war das neueste Soundsystem mit über tausend fest installierten Lautsprechern in der ganzen Arena. Jeder Zuschauer und jede Zuschauerin konnte den Sound mit 102 Dezibel hören, das ist, als stände man direkt neben einer Kettensäge.

Wenn du schon mal bei einem Sportereignis oder einem Konzert mit zehntausenden Menschen warst, wirst du wissen, dass die Menge irgendwann zu einem einzigen Organismus wird. Sie bewegt sich und spricht und schreit wie ein einziger Mensch. Und davon ein Teil zu sein, nimmt einen total gefangen. Wenn ein Stürmer das perfekte Tor schießt oder eine Sängerin die höchste Note trifft und trotzdem ganz beseelt klingt, ist es, wie wenn ein Stromschlag durch einen Draht geht – die Menge vibriert dann vor Spannung. So ist es auch, wenn man mit zehntausend anderen einen Film sieht. Die Reaktionen des Publikums, wie es jeweils mitgeht, werden zum Teil der Erfahrung. Glaub mir, wenn so viele an einer besonders schmerzlichen Stelle der Geschichte weinen oder an einer besonders komischen Stelle lachen – das ist schon außergewöhnlich.

Und seit jener Zeit sind die City-Kinos noch aufwändiger ausgestattet worden. Aber das weißt du ja viel besser als ich, Billy, denn du und deine Freund:innen gehen ja ständig dorthin.

Ende der 2030er Jahre passierte noch etwas. Du bist zu jung, um dich daran zu erinnern, aber wir haben nicht immer in City Towers zusammengelebt. Als ich aufwuchs, lebten die meisten Menschen getrennt voneinander, manche in Häusern auf dem Land, andere in Wohnungen in der Stadt, wo es Häuser in allen möglichen Formen und Größen gab. Manche Leute lebten sogar in Hausbooten auf den Flüssen.

Doch seit Beginn der 2020er Jahre kam es immer häufiger zu Ausbrüchen von Virusepidemien. Die eine breitete sich über China aus, die nächste über Spanien, die dritte über Brasilien. Jede dieser Pandemien forderte weltweit Zehntausende Tote. Außerdem unterbrachen sie massiv die weltweiten Lieferketten, was die Wirtschaftsleistung sehr beeinträchtigte. Ende der 2020er war klar, dass etwas unternommen werden musste. Also wurde entschieden, dass die Menschen in riesigen City Towers zusammenleben sollten. Und wenn sich ein Virus ausbreiten wollte, konnten einfach die Tore der Türme abgeriegelt werden, und die Menschen ihr normales Leben weiterführen.

Es dauerte eine ganze Reihe von Jahren, bis das gewaltige Bauprogramm ausgeführt war, doch seit Ende der 2030er Jahre lebten die meisten von uns in City Towers. Ich habe den alten Verhältnissen lange nachgetrauert – dass wir alle unterschiedliche Wohnungen hatten und einfach vor die Tür gehen konnten. Aber ich verstehe die Gründe, und so habe ich mich daran gewöhnt, hier drinnen zu leben.

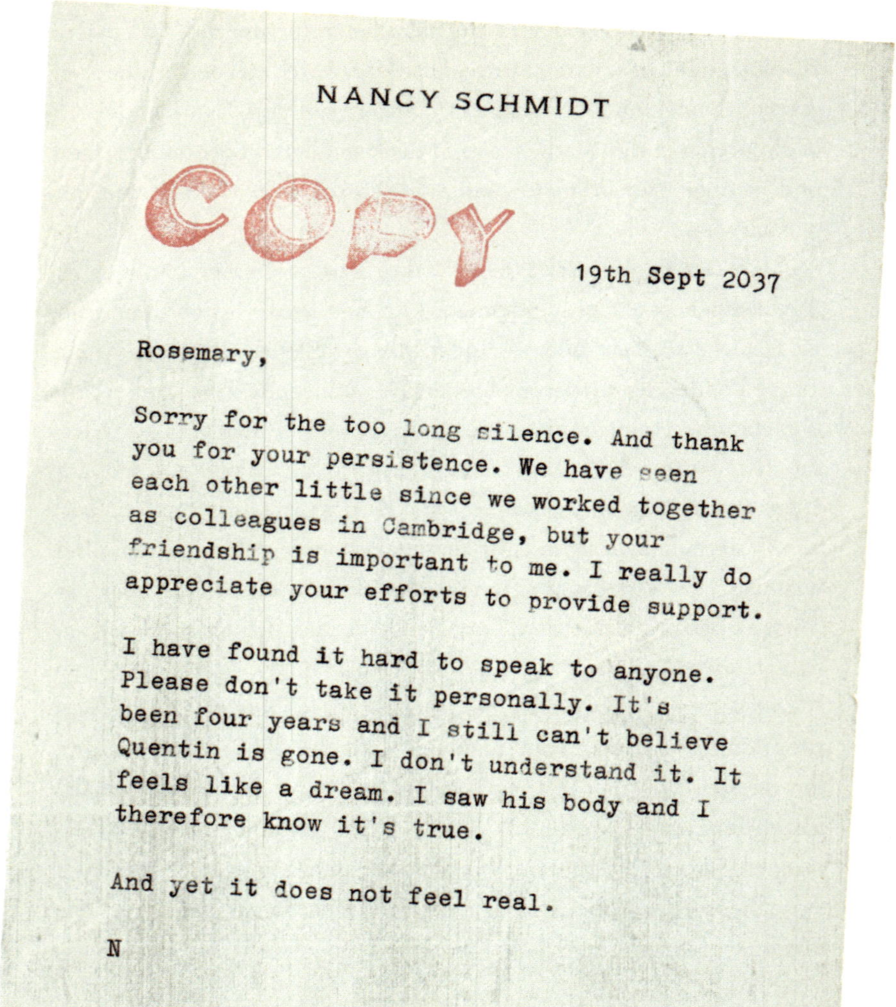

NANCY SCHMIDT

COPY

19th Sept 2037

Rosemary,

Sorry for the too long silence. And thank you for your persistence. We have seen each other little since we worked together as colleagues in Cambridge, but your friendship is important to me. I really do appreciate your efforts to provide support.

I have found it hard to speak to anyone. Please don't take it personally. It's been four years and I still can't believe Quentin is gone. I don't understand it. It feels like a dream. I saw his body and I therefore know it's true.

And yet it does not feel real.

N

19. September 2037 KOPIE

Rosemary,
entschuldige bitte mein allzu langes Schweigen. Und danke für Deine Beharrlichkeit.
Wir haben uns nur noch selten gesehen, seit wir zusammen als Kolleginnen in Cambridge gearbeitet haben, doch deine Freundschaft ist mir wichtig. Ich weiß Deine Bemühungen, mir irgendwie zu helfen, wirklich zu schätzen.
Für mich war es schwer, überhaupt zu sprechen.
Du darfst es also nicht persönlich nehmen.
Es ist nun schon vier Jahre her, und ich kann immer noch nicht begreifen, dass Quentin von uns gegangen ist. Ich kann es nicht verstehen.
Es ist wie ein böser Traum. Ich habe seinen Leichnam gesehen und weiß daher, dass es wahr ist.
Und doch kommt es mir irreal vor.
N.

Abschrift einer Postkarte von Rosemary

8.10.2037

Nancy,

ich wünschte mir so sehr, dass ich Quentin kennengelernt hätte. Vielleicht kannst du mir mehr von ihm erzählen. Ich will alles wissen. Alles. Von Anfang an.

xx
R.

Notiz Nr. 11

Ich sehe „Neotenie“ in Großma Nancys Wörterbuch nach. Ist nicht drin. Wieder ein Wort, das neu ist in unserem Jahrhundert.

Ich habe nach Benji Ausschau gehalten, aber ich konnte hen nirgends finden. Ich habe hen mehrere Nachrichten geschickt. Keine Antwort. Was ist, wenn Benji irgendwem von meinen Notizheften erzählt? Und wenn diese Person der Sicherheitspolizei davon berichtet? Ich habe schon so viel aufgeschrieben, was ganz anders ist als die offizielle Geschichtsschreibung, die uns in der Schule beigebracht wird!

Ich habe keinen Grund anzunehmen, dass Benji ein Spitzel ist, aber wenn ich etwas aus der Geschichte gelernt habe, dann ist es die Tatsache, dass man sich immer irren kann. Und dass Dinge passieren, die niemand geplant hat. Man nennt das „unbeabsichtigte Folgen“. Meine Hand zittert, während ich dies schreibe.

Ich fühle mich immer noch komisch, als ich zur Schule gehe. Katia fragt mich, ob was nicht stimmt. Ich sage, ich mache mir Sorgen wegen der Mathearbeit in der nächsten Stunde. Sie glaubt mir aber nicht (sie weiß, dass ich mir wegen Mathe nie einen Kopf mache), aber sie bedrängt mich nicht. Stattdessen schlägt sie vor, dass ich ein paar Mal tief einatmen soll. Ein. Aus. Ein. Aus. Ich versuch's, aber das macht alles nur noch schlimmer. Ich komme durcheinander, verschlucke mich und muss husten. Ich gerate immer mehr in Panik. Sie gibt nicht auf und sagt mir, ich soll meine Atemzüge zählen. Eins, zwei, drei, vier … Als ich bei zehn ankomme, fange ich wieder bei eins an. Das hilft, und nach ein paar Minuten beruhige ich mich. Das tut gut. Ich bin dankbar für meine Freundschaft mit Katia. Aber ehrlich gesagt würde ich mich noch besser fühlen, wenn ich etwas von Benji hörte.

Nachdem ich Rosemarys Postkarten gelesen habe, hoffe ich erst recht, mehr von Quentin zu hören. Trotzdem will ich nicht drängeln. Poco a poco, wie mein Spanisch-Bot zu sagen pflegt.

Großma Nancy hat es anscheinend Spaß gemacht, mir von den Filmen zu erzählen. Irgendwie hat das bei ihr eine ganze Menge verschiedener Erinnerungen wachgerufen, und die haben uns an ziemlich interessante Orte geführt. Ich muss auch einmal so etwas probieren. Eine andere Art von Massenunterhaltung. Vielleicht die Olympiade?

2040

Ich liebe die Olympischen Spiele. Am besten, finde ich, sollten sie öfter als nur alle vier Jahre stattfinden. Als Kind habe ich so viele Wettkämpfe wie möglich geguckt. Laufen. Schwimmen. Gewichtheben. Rudern.

Als die Olympiade 1960 in Rom stattfand, bettelte ich bei meinen Eltern, sie sollten mit mir hinfahren. Doch sie fanden, dass ich mit meinen zwölf Jahren noch zu jung sei. Dass es mich von meinen Schularbeiten abhalten würde. Aber ich habe gebettelt und gebettelt und versprochen, mehr im Haushalt zu machen, für die Schule fleißig zu sein und an jedem Familientreffen teilzunehmen, bei dem sie wollten, dass ich dabei war. Schließlich gaben sie nach. Danke! Die Menschenmassen und der Lärm haben mir nichts ausgemacht. Ich habe die Hand meines Vaters fest gedrückt, und wir sind hinein. Wir haben unsere Sitze eingenommen, und da war sie auf einmal da: absolute Freude. Der Höhepunkt war für mich nicht, wie Armin Hary als erster Mensch die hundert Meter mit 10:00 Sekunden lief, sondern dabei zuzusehen, wie Takashi Ono seine drei Goldmedaillen in Gymnastik gewann. Es sah aus, als flöge er, wenn er über das Pferd sprang. Er war nicht zu stoppen! Seitdem kann ich mich bei Olympiaden nie vom Bildschirm losreißen.

Inzwischen haben sich die Spiele sehr verändert. Es fing 2012 an, als die Spiele wieder einmal in London stattfanden. Der südafrikanische Sprinter Oscar Pistorius wurde damals der erste doppelt Beinamputierte, der je an Olympischen Spielen teilgenommen hat. Das war aber sehr umstritten, denn viele fanden, dass seine künstlichen Gliedmaßen ihm einen unfairen Vorteil verschafften. Er gewann zwar keine Medaille, doch jetzt waren Tür und Tor für andere Wettkämpfer geöffnet, ihre Chancen durch technische Körperveränderungen zu erhöhen.

Zuerst kamen die „Implantierer". Top-Athleten begannen, ihre Gliedmaßen durch Prothesen zu ersetzen, obwohl sie es aus medizinischen Gründen nicht brauchten. Bald konnten sie die hundert Meter in weniger als neun Sekunden laufen, dann in weniger als sieben und sechs Sekunden.

Auch andere Rekorde wurden gebrochen. Ein Athlet stemmte 500 Kilogramm, das ist fast das Gewicht eines Kleinwagens. Ein anderer schleuderte seinen Speer in die Sitzreihen des Stadions. Von da an wurde dieser Wettbewerb nach außen verlagert.

Dann folgten die „Genveränderer". Nachdem festgestellt worden war, dass fast alle Supersprinter den Genotyp 577R des Proteins ACTN3 hatten und etwa ein Sechstel der Erdbevölkerung dieses Gen nicht besaß, begannen Eltern, ihre ungeborenen Babys nach 577R zu selektieren. Bald entdeckten die Mediziner auch noch weitere für den Sport nützliche Gene, die für Ausdauer, Kraft, Beweglichkeit, schnelle Mobilisierung von Energiereserven und Schmerztoleranz sorgten.

Dies alles bewirkte einen Riss, der quer durch die Sportwelt lief. Auf der einen Seite waren die „Natürlichen", die darauf bestanden, dass nur Personen ohne technische Verbesserungen an den Wettkämpfen teilnehmen durften. Auf der anderen standen die „Supremes", die die beste menschenmögliche Leistung erleben wollten.

Danach kam es zu einer weiteren tiefgreifenden Veränderung. Mit Hilfe von Genetik und Prothetik konnten Frauen jetzt mit den Männern mithalten. Seit Mitte der 2030er waren die „Supremes" nicht länger nach männlichen und weiblichen Teams und Wettbewerber:innen getrennt. Dadurch wuchs nicht nur die Zahl der Spitzensportler:innen – und damit die Qualität der Wettbewerbe –, vielmehr erhöhte das auch deren Unterhaltungswert. Zum ersten Mal konnte das Publikum verfolgen, wie Athletinnen immer wieder ihre männlichen Mitbewerber mit Kraft und Geschicklichkeit schlugen.

Bis Ende der 2030er Jahre konnten sich nur „Natürliche" für die Olympischen Spiele qualifizieren, während bei der Weltliga alle mitmachen konnten. Und so wurde die Weltliga immer populärer, während das Interesse an den Olympischen Spielen und der Olympiaqualifikation sank. Es war traurig zu sehen, wie die Olympiade einen Großsponsor nach dem anderen verlor und schließlich bankrott war. Es war klar, was die Lösung sein würde.

Deshalb war dieses Jahr so aufregend, denn die Olympiade von 2040 stand nun auch für alle Wettbewerber offen. Ungeachtet jeder künstlichen Verbesserung und jedes genetischen Feintunings. Bei der Auswahl der Mannschaften ging es jetzt nur darum, wer der beste Athlet oder die beste Athletin war, und nicht welches Geschlecht du hattest oder welches Körperteil du schon bei der Geburt hattest. Nur eine Sache blieb verboten, niemand durfte leistungsverbessernde Mittel einnehmen. Diese Art von Leistungssteigerung ging dem Olympischen Komitee dann doch zu weit.

Das Ergebnis war spektakulär. Es gab zu viele erste Male, als dass ich sie alle aufzählen könnte, doch hier ein paar Beispiele: Zum ersten Mal lief ein menschliches Wesen die Marathonstrecke in unter einer Stunde. Was für eine tolle Leistung! Gerade einmal zwanzig Jahre zuvor hatte der Durchbruch der Zwei-Stunden-Mauer weltweit für Schlagzeilen gesorgt. Dann schwamm eine gemischte russische Staffel die 4 x 50 Meter Freistil in 59,7 Sekunden, schlug damit die favorisierte amerikanische Staffel und durchbrach als erste die Minutengrenze. Schließlich sprang ein Fünfzehnjähriger aus Nigeria beim Hochsprung über fünf Meter, also höher als ein Doppeldecker-Bus.

Ich kann mir vorstellen, dass es in Zukunft dank weiterer atemberaubender technischer Neuerungen noch weit mehr solcher übermenschlichen Leistungen geben wird.

Abschrift eines Briefs von Nancy an Rosemary

15. Januar 2040

Quentin hatte immer seinen eigenen Kopf. Er hatte ein sehr ausgeprägtes Gerechtigkeitsgefühl. Als Kind war er stets auf Streit gebürstet. Wir, sein Vater und ich, fanden ihn ungezogen. Er sagte, wir seien bloß nicht seiner Meinung. Als er mitbekam, dass sein Vater einem südamerikanischen Diktator die Hand geschüttelt hatte, wurde er so wütend, dass er eine ganze Woche nicht mit ihm sprach. Mit 14 lud er drei Bergleute in seine sehr konservative Schule ein. Die befanden sich im Streik und berichteten davon, wie die Regierung die Polizei dazu missbrauchte, den Streik brutal zu brechen. Mit seinem Kumpel Benji, der bei uns um die Ecke wohnte, gründete er einen Diskussionskreis. Mit 16 waren sie dauernd mit irgendwelchen Protesten beschäftigt, verteilten Flugblätter, sammelten Geld für wichtige Zwecke und nahmen an politischen Kampagnen teil.

Doch zu demonstrieren und Transparente zu tragen, reichte Quentin nie. Er und Benji hatten einen Streit. Ich glaube, es ging um die richtige Taktik. Von da an interessierte sich Benji vor allem für Computer und Programmieren, während Quentin viel Zeit in der Bibliothek verbrachte und alles über die Umwelt und alternative Politik las. Er wollte etwas bewirken. Für ihn war alles eine Frage der Logik. Die Regierung tat nicht genug dafür, die Welt zu retten, also musste er sie dazu zwingen. Er hatte kein Geld, doch glücklicherweise war gerade das E-Mailen erfunden worden, und er nutzte es, um sich mit Aktivisten in anderen Ländern in Verbindung zu setzen. Ich glaube, das waren die ersten Menschen, die er traf, die genauso dachten wie er selbst. Die wussten, dass die Erde vor einer existentiellen Krise stand und nicht glauben konnten, dass niemand etwas unternahm. Das war 1990!

Zwei Jahre später, mit erst 18 Jahren, war Quentin in Rio de Janeiro bei einem Treffen von wichtigen Staatschefs, die über den Klimawandel diskutierten. Sie nannten es einen „Welt-Klimagipfel". Doch die Politiker konnten sich nicht zu einem radikalen Umsteuern durchringen. Präsident George Bush sagte: „Der American way of life ist nicht verhandelbar."

Quentin fühlte sich abgestoßen von dieser Weigerung zu handeln. Er und etwa zwanzig Freunde fälschten Presseausweise, schlichen sich in die Konferenz und setzten sich in die Mitte das größten Sitzungsraums. Dieses Sit-In verursachte beträchtliches Chaos und stieß bei der Presse auf großes Interesse. Die Protestierer wurden von der brasilianischen Militärpolizei hinausgetragen und verhaftet. Damit war Quentin auf den Geschmack dessen gekommen, was er „direkte Aktion" nannte.

Ich bin erschöpft. Höre an dieser Stelle auf. Mehr dazu bald.

Foto von Quentins Verhaftung beim Welt-Klimagipfel in Rio 1992

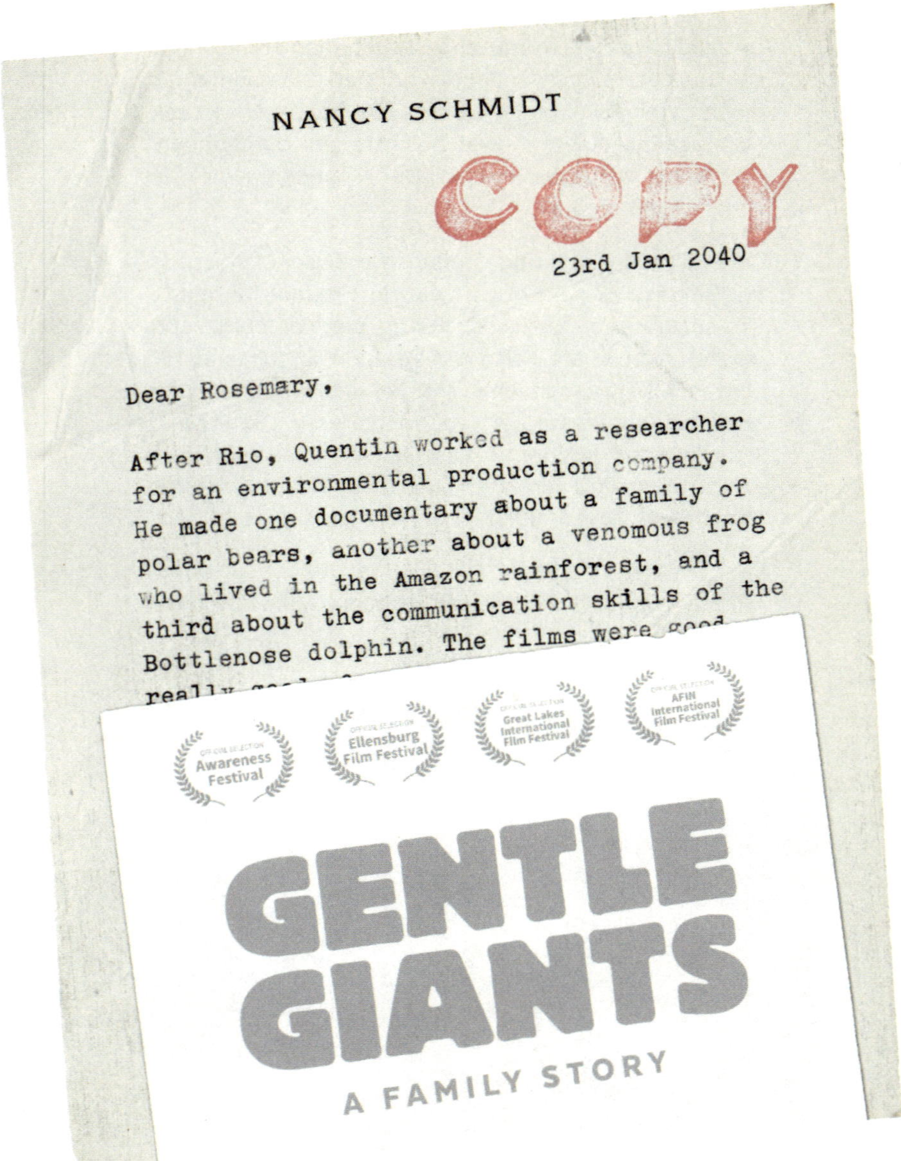
NANCY SCHMIDT

COPY

23rd Jan 2040

Dear Rosemary,

After Rio, Quentin worked as a researcher for an environmental production company. He made one documentary about a family of polar bears, another about a venomous frog who lived in the Amazon rainforest, and a third about the communication skills of the Bottlenose dolphin. The films were

Sanfte Riesen
Ein Familienfilm

23. Januar 2040 KOPIE

Liebe Rosemary,

Nach Rio arbeitete Quentin für eine Firma, die Umweltfilme produzierte, als Rechercheur. Sie machten zum Beispiel einen Film über eine Eisbärfamilie, einen anderen über einen giftigen Frosch im Amazonasurwald und einen dritten über die kommunikativen Fähigkeiten von Großen Tümmlern. Die Filme waren gut, richtig gut. Quentin wurde Produzent und dann leitender Produzent.
Doch nach einigen Jahren wurde Quentin immer frustrierter. Er fand, dass alles, was er machte, war, Sendungen zu produzieren, die viele Zuschauer anzogen, sodass große Konzerne besser Seife, Autos oder Bier verkaufen konnten. Dass die Dokumentationen überhaupt nichts bewirkten. Sie feierten die Natur, aber zeigten nicht, wie die Menschen sie zerstörten. Er gab seinen Job auf und wurde Vollzeitaktivist. Da war er 41 Jahre alt.
Quentin reiste nun im Vereinigten Königreich umher, schlief auf fremden Sofas und Fußböden, tauchte mal in einer Kampagnengruppe auf und dann wieder in einer anderen. Wir wussten nie, wo er sich gerade aufhielt. Damals gab es noch fast keine Handys, und es war nicht einfach, miteinander in Kontakt zu bleiben. Gelegentlich kam er nach Hause, um seine Wäsche zu

waschen, etwas Ordentliches zu essen und sich auszuschlafen. Ich war stolz auf ihn, aber ich machte mir auch Sorgen. Er schien immer wütender zu werden. Wenn er uns von seinen Abenteuern erzählte, versuchte er nicht länger, uns mit lustigen Geschichten von Pleiten, Pech und Pannen zu unterhalten. Er gebrauchte jetzt ungewohnte kalte Worte wie „Bio-Krise“, „Ökozid“ oder „Anthropozän“.
Um ihn besser verstehen zu können, ging ich einmal mit ihm zu einem seiner Treffen. Fast die ganze Zeit stritten sie sich dort über das, was sie „lässig“ nannten und das gar nicht zu „dornig“ passte. Ich habe nicht verstanden, was sie damit meinten. Später hat er mir dann erklärt, dass die Gruppe darüber diskutiert hatte, was die beste Taktik wäre. „Lässig“ bedeutete, Dinge durch friedlichen gewaltlosen Protest bewusst zu machen. „Dornig“ bedeutete, Gewalt gegen Sachen und auch gegen Menschen anzuwenden.
Nachdem wir lange geredet hatten, stieß er einen tiefen Seufzer aus, so, als sei ich nicht sehr helle, und ratterte eine lange Liste von Menschen herunter, die mutig gegen die Mächtigen aufgestanden waren und die Welt verändert hatten: Nelson Mandela, Mahatma Gandhi, Umberto Sinclair, Wang Li, Claus von Stauffenberg, Martin Luther King und so weiter und so fort. Und als deutlich wurde, dass einige dieser Namen mir nichts sagten, murmelte er: „Ist schon

okay, Mama, ist schon okay. Ich liebe dich.“, und umarmte mich fest.
Vier Monate später wurde Quentin verhaftet wegen Einbruch in und Sachbeschädigung an einem Labor, in dem Kosmetika an Tieren getestet wurden. Nach seinem Prozess und dem darauffolgenden Hausarrest versuchte ich, ihn dazu zu bringen, aufzuhören. Aber er hörte nicht auf mich.
Zwei Jahre später wurde er angeklagt, in eine Militärbasis eingedrungen zu sein und den Versuch unternommen zu haben, die Kanzel eines Flugzeuges zu zerstören, das als Atombomber geeignet war. Er wurde zu zehn Jahren Gefängnis verurteilt. Zehn Jahre für den Versuch, einen Atomkrieg zu verhindern!
Das ist erst einmal alles. Ich brauche eine Pause. Ich will bald versuchen, diesen Brief weiter zu schreiben.

17.1.2040

Nancy,

ich habe mich gefreut, von Quentin zu hören. Es klingt wirklich alles sehr spannend. Bitte, bitte, berichte weiter!
Und geh gut mit Dir selbst um.

xx Rosemary

14.2.2040

Nancy,

ich würde gern ein paar Frauen zu der Liste hinzufügen: Emmeline Pankhurst, Marie Stopes, Anika Singh, Rosa Luxemburg, Maya Angelou, Mary Wollstonecraft, Rosa Parks, Sarah Franklin. Bitte mehr Geschichten von Quentin!

xx ich

Notiz Nr. 12

„Ökozid" klingt ähnlich wie Genozid, also Völkermord, und ich schätze, dass es die Zerstörung des gesamten Ökosystems und damit allen Lebens bedeutet. Und Bio-Krise erklärt sich eigentlich von selbst. Doch mit „Anthropozän" kann ich nichts anfangen.

Ich habe mein All-in-One, gecheckt, finde aber nichts.

Also schlag ich's in Großma Nancys Wörterbuch nach, und wieder: nichts.

Was ich aber gefunden habe, ist Anthropo(s), was das griechische Wort für „Mensch" ist. Und aus meinen Dinosaurierbüchern weiß ich, dass ein Wort, das mit „-zän" endet, eine Epoche der Erdgeschichte bezeichnet. So bedeutet „Anthropozän" also vermutlich so etwas wie Menschenzeit. Die Zeit, in der es Menschen gab, oder eher die, in der es von den Menschen abhing, was auf dem Planeten passierte. Was irgendwie fatal nach einer Schlussepoche klingt.

Unter diesem Eintrag finde ich eine ganze Reihe von Einträgen, die mit Anthropo- beginnen. Über das Wort „Anthropoglot" muss ich lachen. Anscheinend ist das ein Tier mit einer Zunge wie die eines Menschen, wie ein Papagei. Und gerade davor stand „Anthropomantie", was bedeutet, die Zukunft aus der Schau menschlicher Eingeweide vorauszusagen. Krass!

Das Wörterbuch behauptet, eines der frühesten Vorkommen des Wortes „Anthropomantie" hat etwas mit dem römischen Kaiser Heliogabal zu tun. Ich gucke also „Heliogabal" in meinem All-In-One nach und finde ihn. Wenn man einem antiken Schriftsteller glauben möchte, führte Heliogabal das abstoßendste Leben, das es jemals in der Geschichte gegeben hat. Er war so übel, dass nach seinem Tode alle Standbilder und Gemälde des Kaisers zerstört und ausgelöscht wurden. Dies nannte man „damnatio memoriae" oder Auslöschung der Erinnerung.

Ist vielleicht genau das auch mit dem Wort „Anthropozän“ passiert? 1971, als das Wörterbuch veröffentlicht wurde, war das Wort noch nicht erfunden. Danach wurde es von Quentin und anderen benutzt, um die Menschen vor dem SHOCK zu warnen. Und Jahre später hatte dann jemand das Wort aus dem All-In-One entfernt. Aber wer war das?

Könnte dies für mich der erste Beweis für etwas sein, von dem einige meiner Freunde schon lange flüstern? Nämlich, dass das All-In-One überwacht wird? Zensiert wird? Unzuverlässig ist? Mir wird schlecht, während ich dies schreibe. Vielleicht sollte ich aufhören, meine Gedanken in diesen Notizheften aufzuschreiben.

Vor ein paar Minuten ist etwas Seltsames passiert. Ich wollte dieses Heft hier holen, konnte es aber nicht unter meiner Matratze finden, wo ich es versteckt hatte. Ich bin zu Großma Nancy, um sie danach zu fragen, und sah es auf ihrem Nachttisch liegen. „Ach“, sagte sie, „ich dachte, Katia hätte es zurückgebracht.“ Mein Herz raste! Wieso stöberte Katia in meinem Notizheft? Was hatte sie gesehen? Anscheinend war sie wieder einmal vorbeigekommen, und Großma hatte ihr von unserem „kleinen Geschichtsprojekt“ erzählt. Und als Katia mehr wissen wollte, hatte Großma Nancy gesagt, sie könnte ja mal reingucken. „Ich wusste, dass dir das nichts ausmacht“, sagte sie zu mir. „Letzten Endes sind es ja meine Geschichten.“

Benji hat recht. Ich muss besser aufpassen, was ich sage, und zu wem. Ich möchte nicht, dass Großma Nancy in Schwierigkeiten gerät! Vielleicht sollte ich sie nach etwas Unpolitischem fragen. Zum Beispiel, wie sich verändert, was in der Gesellschaft jeweils beliebt und unbeliebt ist. Also nach den Moden.

2043

Okay, gerne erzähl ich dir etwas über die Moden.

Jahrelang hatten wir uns nur mit der Automatisierung beschäftigt. Wie Maschinen die Lebensmittel und Kleider lieferten, an den Schulen lehrten und uns wie von selbst transportierten. Aber dann hatte jemand die Idee, das alles auf den Kopf zu stellen und eine Tugend daraus zu machen, dass die Dinge nicht von Maschinen gemacht und geliefert wurden! Retro wurde zum neuen Trend im Verkauf.

Human nannte sich der erste derartige Betrieb – ein Restaurant. In einer dramatischen Ankündigung hieß es, dass das ganze Personal – die Kellner, die Serviererinnen und sogar die Köchinnen und Köche – ausschließlich aus Menschen bestehen würde und nicht aus Robotern. Das war derart erstaunlich, dass die Ankündigung sogar den Breaking-News-Alert in den Interwebs auslöste.

Das nächste war Musik, die durch die Luft ausgestrahlt wurde. Das Radio, wie es früher hieß, gab es schon seit mehr als zehn Jahren nicht mehr. Aber auf einmal war diese Dienstleistung, die alle frei nutzen konnten, wieder angesagt, und Piratensender schossen in den Großstädten auf der ganzen Welt wie Pilze aus dem Boden.

Und bald bauten zahlreiche andere Firmen auf diesen Ideen auf. Du konntest dir von einem Menschen die Haare schneiden oder die Nägel machen lassen. Ein Individuum aus Fleisch und Blut nahm dir deine Reiseplanung ab, und du konntest sogar deine Steuern von einem Buchhalter berechnen lassen statt vom Computer. Letzteres habe ich allerdings nie verstanden. Menschen machen doch eher Fehler.

Der größte Gewinner dieser Nostalgiewelle war *Guardaroba,* die Adresse für Retro-Mode. Dieses außerordentlich innovative Unternehmen wurde zum erfolgreichsten Einzelhändler des Jahrzehnts. Die Idee war brillant. Zunächst musstest du ein Onlinekonto eröffnen. Dann machten sie ein 3D-Profil von dir und schufen so deinen Avatar. Du konntest deinen Avatar mit Kleidern und Accessoires aus fünfzig Ländern und über dreihundert Jahren ausstatten, die du in dem opulenten Onlinekatalog finden konntest. Von Gewändern, die man im 17. Jahrhundert in Frankreich trug, bis hin zu Morgenmänteln, die in England um 1900 modern waren, von farbenfrohen Roben aus der Zeit der Ming-Dynastie bis zu Tennisschuhen, die in Los Angeles um 1994 der letzte Schrei waren. Es gab eine Kleiderauswahl, wie es sie noch nie gegeben hatte. Es muss Jahre gedauert und sehr viel investiertes Kapital benötigt haben, um all diese Modelle zu sammeln, die authentisch und historisch getreu waren.

Wenn du einen Artikel ausgewählt und bezahlt hattest und er auf deine persönlichen Körpermaße hin angefertigt war, wurde er verpackt und zu dir nach Hause geschickt. Und wenn er dir nicht gefiel, konntest du ihn kostenlos zurückschicken.

Entgegen allen Voraussagen, dass die Zukunft keine Moden mehr kennen würde und dass alle Leute dann in denselben langweiligen Klamotten herumlaufen würden und denselben Haarschnitt hätten, stellte sich heraus, dass die Menschen ihre Persönlichkeit noch immer in ihrer äußeren Erscheinung ausdrückten.

Während die einen locker den Körper umflatternde Kleider bevorzugten, mochten andere eher enganliegende. Und während einige Menschen Farben und Schmuck zur Schau stellten, zogen andere etwas Schlichtes vor. Ein beträchtlicher Teil der Bevölkerung zog es vor, sich zu bedecken, während viele andere gern ihre Füße, ihren Hals, ihren Bauch und noch mehr enthüllten. Und jetzt konnte jeder und jede das nicht nur im Rahmen einer aktuellen Mode tun, sondern auch in der Mode von gestern oder sonst wann.

Ja, *Guardaroba* war ein Riesenerfolg.

Aber wie konnten sich die Leute das alles leisten? Sie bekamen ja ihr Anständiges Grundeinkommen, mit dem sie Lebensmittel, Verkehrsmittel, Heizung und Miete bezahlen konnten, aber das AGE reichte nicht, um Luxusgüter wie die von *Guardaroba* zu bezahlen.

Deshalb arbeiteten viele Menschen jetzt als Reinigungskräfte, Gärtner:innen, Köch:innen, Masseur:innen, Handwerker:innen und auch als Prostituierte. Sie machten ihre Küchen zu Werkstätten, wo sie Geräte reparierten, Biografien ihrer Mitbürger schrieben oder total originellen Schmuck herstellten. Andere erfanden neue noch nie dagewesene Dinge. Ich erinnere mich zum Beispiel noch an ein Jahr, als alle nach einer neuartigen Designerfrucht verrückt waren, einer Aprikose, die in einer Birne wuchs. Solche Sachen wurden natürlich zuerst einmal an die Reichen verkauft.

Diese inoffizielle Wirtschaft wurde bald schon als „Neuer Schwarzmarkt" bezeichnet. Und im Laufe der Jahre ergänzten mehr und mehr Leute ihr AGE durch gelegentliche Beschäftigungen. So kam es, dass fast zwanzig Jahre nach der Transformation fast genauso viele Menschen wie vorher ihren Tag mit Arbeit verbrachten, obwohl sie es nicht unbedingt nötig hatten. Das Zusatzeinkommen ermöglichte es ihnen, Luxus zu bezahlen, wie etwa Ferien am Strand, die allerneuesten Geräte oder eben Designer-Kleidung.Und als die Behörden sahen, dass die Menschen neue Möglichkeit gefunden hatten, Geld zu verdienen, begannen sie, das AGE abzusenken. Sie taten das auch ganz offen kund. Einer der Slogans, an den ich mich noch erinnere, lautete: „Ein bisschen Arbeit muss dir nicht die Laune verderben."

24. Januar 2043

2027, nach den Gefängnisaufständen in den USA und der darauffolgenden internationalen Reform, wurde Quentin vorzeitig entlassen. Er hatte acht Jahre abgesessen. Er hatte sich verändert. Er redete wenig. Aß kaum. Blieb morgens meist in der Schlafkapsel. Manchmal war er auch wieder der alte Quentin, der einen Witz machte oder uns aufzog, aber das waren seltene Momente, die uns nur an das erinnerten, was wir verloren hatten. Und eines Morgens, als ich ihm eine Tasse Tee bringen wollte und seine Zimmertür öffnete, war er nicht mehr da. Vielleicht ist er einkaufen gegangen, dachte ich, oder er besucht jemanden. Er kam aber an diesem Tag nicht zurück, und auch nicht am nächsten.
Zuerst war ich wütend, dann verzweifelt. Nacht für Nacht weinte ich mich in den Schlaf. Jahre vergingen, in denen wir nichts von ihm hörten. Nichts, es war schrecklich. Wir wussten überhaupt nicht, was mit ihm geschehen war. Hasste er uns so, dass er jede Verbindung abbrechen wollte? War er entführt worden? War er tot? Eines Morgens, drei Jahre später, tauchte er plötzlich wieder auf, einfach so. Er verlor kein Wort über seine Abwesenheit. „Hallo Mama“, sagte er und drückte mich an sich,

in der Küche, wo ich gerade Geschirr gespült hatte. „Wie geht's dir?" Hinter ihm stand sein Freund Benji; es war schön, sie beide zusammen zu sehen. Quentin hatte zugenommen, und er schien wieder besser gelaunt zu sein.

Aber als ich herauszubekommen versuchte, wo er gewesen war, sagte er nur „hier und da", zwinkerte mir zu und redete von etwas anderem. Nach und nach war alles wieder normal. Oder wirkte jedenfalls so. Eigenartigerweise sprach er nie über den Zustand der Erde oder die bevorstehende Klimakrise. Dabei war inzwischen allen klar, dass dringend gehandelt werden musste. Die ersten Städte mussten evakuiert werden. Hurricans richteten gewaltige Zerstörungen an. Das Weltparlament suchte in Sitzungen rund um die Uhr verzweifelt nach Lösungen. Quentin aber sprach nur vom letzten Film, den er gesehen hatte, oder von seinen religiösen Treffen bei den Arboriten. Oder er fragte mich, was es zum Abendessen geben würde.

Und dann, an einem kalten Oktobertag, wurde Quentin wieder verhaftet. Die Anklage lautete, er habe Briefbomben an die Vorstände der zehn größten Erdölgesellschaften verschickt. Er galt nun als „Gefahr für die Gesellschaft" und wurde in ein Hochsicherheitsgefängnis gebracht. Ich konnte mit ihm telefonieren, durfte ihn aber nicht besuchen. Er klang zu-

nehmend deprimiert. In manchen Wochen weigerte er sich, mit mir zu sprechen.
Zwei Jahre nach seiner Verurteilung erhielt ich einen Brief von der Gefängnisverwaltung. Es hieß darin, mein Sohn sei bei einem „Unfall" im Gefängnis gestorben. Er war 59 Jahre alt.
Später fand ich noch ein paar Einzelheiten heraus. Es hieß, er habe sich an dem hölzernen Pfosten, der oben aus seinem Etagenbett herausragte, erhängt. Aber der Pfosten war nur ein Meter fünfzig hoch, und Quentin war ein Zwei-Meter-Mann. Wie sollte das also möglich gewesen sein?
Ich wünschte mir aus ganzem Herzen, ich wäre es gewesen und nicht er.

So, meine Freundin, das ist alles.

Mit lieben Grüßen
Nancy

Abschrift einer Postkarte von Rosemary

31.1.2043

Habe gerade deinen Brief vom 24. Januar erhalten.
Es sind Leute da, die mein Haus beobachten.
Empfehle äußerste Vorsicht.

xxx für immer!

Notiz Nr. 13

Es war ein langer Tag heute.

Es fing um halb fünf mit einem lauten Klopfen an der Wohnungstür an. Nach einer Weile hörte es auf, und ich habe mich wieder schlafen gelegt.

Dann begann es erneut, noch lauter. Da meine Schlafkapsel am nächsten zur Tür ist, ging ich nachsehen, was los war. Ich öffnete die Tür, und zwei schwarzgekleidete Sicherheitsbeamte drängelten sich an mir vorbei.

Ein dritter, gut vierzig Jahre alt, kurz und mit einem dicken braunen Bart, fragte: „Wo ist Billy Schmidt?“

Einen Augenblick lang überlegte ich, ob ich lügen soll, kam aber zu dem Ergebnis, dass das alles nur noch schlimmer machen könnte.

„Ich bin Billy“, antwortete ich.

Er lachte und sagte: „Ich dachte, wir suchen einen Jungen.“

„Stopp!“, rief der Rauschebart den anderen zu. „Ich hab sie.“ Dann hob er mich hoch und trug mich nach draußen. Ich hatte keine Chance, meiner Familie Bescheid zu sagen. Es ging alles viel zu schnell.

O Katia! Du hast mich getäuscht und verraten! Wie konntest du nur? Und ich dachte, du wärst meine Freundin!

Zwanzig Minuten später befinde ich mich in dem, was sie „den Stall“ nennen, im 15. Stock unseres City Towers. Irgendwie wünsche ich mir, ich befände mich in einem der kleinen fensterlosen Räume, wie man sie in alten Krimis sieht, und nicht hier. Ich bin mit Handschellen an einen Stuhl gefesselt, der in der Mitte eines kreisförmigen abgesenkten Raums steht. Über mir gehen die Sicherheitsbeamten ihrer geräuschvollen Tätigkeit nach. Ab und zu bleibt einer am Geländer stehen und guckt zu mir runter. Das macht mich extrem nervös.

Zwei Stunden später kommt der Rauschebart zu mir. Er will alles über „den alten Hippie“ – so nennt er Benji – wissen und wie wir uns kennengelernt haben. Der Beamte zeigt mir die Websites, auf denen der alte Hippie unterwegs war, und die Nachrichten, die wir ausgetauscht haben. Er hat sogar Bilder von uns beiden, wie wir meine Wohnung verlassen.

Glücklicherweise habe ich keine Ahnung, was Benji treibt. Da gab es zwar diese seltsame Bemerkung, dass hen meine Notizhefte in die Vergangenheit zurückschicken wollte, doch ich möchte nicht, dass Rauschebart mich für eine komplette Idiotin hält. Also sage ich nichts davon.

„Wovor hast du eigentlich Angst?“, fragt Rauschebart mich. Dann erklärt er mir, dass der Stuhl, auf dem ich sitze, meinen Herzschlag, meinen Blutdruck, meine Muskelaktivität und meine Atemgeschwindigkeit registriert.

Noch einmal vier Stunden später darf ich gehen. Vorher hat Rauschebart noch gesagt: „Und vergiss nicht, in die Kameras zu winken!“

Ich flippe innerlich völlig aus. Ist es etwa das, was die Leute unter einem „Polizeistaat“ verstehen? Ich hatte bis jetzt nur gute Erfahrungen mit den Gesetzesverschärfungen gemacht. Aber wenn man schon mit mir so umgeht, was machen sie dann wohl mit denen, die die Ethnarchen wirklich nicht leiden können?

Ich muss Benji warnen, aber ich weiß nicht, wie ich hen kontaktieren kann, ohne dass es auffällt. Mir wird auch bewusst, dass meine Notizhefte mich wirklich in echte Schwierigkeiten bringen können, wenn sie gefunden werden. Zwei Möglichkeiten – erstens: sie vernichten. Aber es war so viel Arbeit, und ich würde Großma

Nancy einfach hängen lassen. Also zweitens: sie an einem sicheren Ort verstecken. Ich habe da ein paar gute Ideen.

Ich habe auch über die Postkarten und die Briefe nachgedacht, die Großma Nancy mir gegeben hat. Dadurch wird alles noch verwirrender. Ist Quentin durch einen Unfall gestorben oder nicht? Ich habe ein paar Mal danach gefragt, doch jedes Mal sagte Großma Nancy, dass sie müde wäre, und nicht darüber sprechen wollte. Ich weiß nicht, ob ich wütend oder traurig sein soll. Ist es möglich, dass die Sicherheitsdienste Quentin getötet haben? Das kann ich nicht glauben. Aber wenn sie es doch getan haben …

Und was war das mit Quentin und den Arboriten? Ich habe meine Eltern danach gefragt, doch sie sagten, dass ich mich lieber um meine Angelegenheiten kümmern sollte, und haben dann schnell das Thema gewechselt.

Ich muss daran denken, Großma Nancy das nächste Mal nach den Arboriten zu fragen.

2045

Die Arboriten waren eine Religionsgruppe. Jedenfalls etwas Ähnliches. Sie waren auch Umweltschützer. Ich rede nicht gern über Religion. Sie war die Ursache für zahllose Missverständnisse, viele Kriege und so viele Schuldgefühle und Selbstzweifel.

Religionen flößen mir Angst ein. Sie sind voller Begriffe, die alle eine lange und verwickelte Geschichte haben.

Ihre Leute: Priester, Rabbis, Imame, Jünger, Messiasse, Erzengel, Götter und Propheten.

Ihre Praktiken: beten, fasten, rezitieren, meditieren, sich geißeln.

Ihre Zeremonien und Übergangsriten: Beschneidungen, Taufen, Konfirmationem, Hochzeiten und Begräbnisse.

Ihre Orte: Himmel, Hölle, das Paradies, das Land, in dem Milch und Honig fließen.

Ihre Bücher: der Koran, die Bibel, die Thora, die Veden, die Tripitaka, das Buch Mormon.

Und das sind nur ein paar solcher Begriffe von gerade einmal ein paar wenigen Religionen!

Was mich am meisten stört, ist, dass das rationale Denken aufgegeben wird. Für mich als Historikerin, die sorgfältig und präzise von Taten und Ereignissen berichtet, stellt sich die Religion gegen die Logik. Wie kann man über Fakten, über Wahrheit sprechen, wenn man gleichzeitig den Glauben hochhält, oft sogar Wunderglauben? Ich finde, das geht nicht.

Doch abgesehen von meinen persönlichen Vorbehalten muss ich zugeben, dass trotz der zunehmenden Abhängigkeit der Gesellschaft von Wissenschaft und Technik (oder vielleicht gerade deswegen) die Religionen immer mächtiger geworden sind. Du hast also recht, Billy, wenn du nach diesem Teil unserer kollektiven Geschichte fragst. Das Thema auszulassen, wäre ein großer Fehler. Ich will mich aber vorsichtig dem Thema nähern. Ich fange mit den Fakten an.

In den Jahren nach dem SHOCK hatten die großen Weltreligionen Hochkonjunktur. Mehr als 70 Prozent der Weltbevölkerung bekannte sich zu einer Religionsgruppe. Während das ganze Ausmaß der planetarischen Katastrophe deutlich wurde, suchten die Menschen verstärkt nach Antworten und Trost in Glauben und Spiritualität. Natürlich, 30 Prozent blieben noch übrig, die nicht religiös waren, aber die waren eine schrumpfende Minderheit.

Als die Krise sich verschärfte, traten immer mehr Menschen den großen Religionen bei. Zwei Religionen profitierten besonders davon: Christentum und Judentum. Schließlich war die Apokalypse in den jüdischen und christlichen Schriften vorausgesagt worden – Heuschreckenplagen, Erdbeben, Fluten, schreckliche Winde und Hungersnöte. Bemerkenswert war, dass die neuen Anhänger dieser Religionen Fundamentalisten waren, die die alten Bücher wörtlich nahmen. Sie glaubten an die alten Gesetze und Vorschriften, an die Ungleichheit von Männern und Frauen, an die Ächtung von Homosexualität. Und vor allem an das Prinzip Auge für Auge, Zahn um Zahn: Wer das Gesetz übertritt, würde unmittelbar eine fürchterliche Strafe erleiden.

Aber dass sie Weihnachten abschafften, machte mich wirklich ziemlich traurig. Warum sie das gemacht haben? Weil die Fundamentalisten sagten, Weihnachten sei ursprünglich ein heidnischer Feiertag gewesen. Was genau genommen auch stimmt. Sie mochten auch nicht, dass Weihnachten zu einem Festival des Konsumismus geworden war, was nach dem SHOCK natürlich als verachtenswert galt. Außerdem, sagten sie, sei es unwahrscheinlich, dass Jesus im Winter geboren wurde, weil (ihrer Bibel zufolge) zum Zeitpunkt seiner Geburt die Hirten mit ihren Herden draußen auf den Feldern waren. Schließlich, argumentierten sie, habe Jesus ja auch nicht seinen eigenen Geburtstag gefeiert; dies zu tun, bedeute also, seinem Vorbild nicht zu folgen.

Als Kind habe ich den Weihnachtsbaum in unserer Wohnung geliebt. Wir haben Stunden damit verbracht, ihn mit glitzernden Kugeln und Lametta zu schmücken. An Heilig Abend stellten wir neben den Kamin einen Teller mit Plätzchen für den Weihnachtsmann und legten eine Möhre für Rudolph dazu, sein treues Rentier. Und dann, am Weihnachtsmorgen, rannten meine Geschwister und ich nach unten, um zu sehen, welche Geschenke unter dem Baum lagen. Das alles gibt es in den allermeisten Familien nicht mehr. Das Einzige, dem ich nicht nachweine, sind die immer gleichen Weihnachtslieder, die sie in den Geschäften von Anfang November an ununterbrochen gespielt haben.

Auch der Islam hatte großen Zulauf. Doch während Christen und Juden immer konservativer wurden, konzentrierten sich die Muslime auf organisierte Wohltätigkeit und den Abbau von Vorurteilen. Sie unterstützten Flutopfer, Arme und vom SHOCK Traumatisierte. An vielen Orten unterstützten sie Frauen als Vorbeterinnen in den Moscheen und traten für gleichgeschlechtliche Ehen ein. Dieser gemeinschaftsorientierte Ansatz brachte dem Islam zehnmillionenfach neue Anhänger.

Aber der SHOCK brachte auch eine neue Religion hervor: die Arboriten. Das war die Gruppe, zu der Quentin gehörte. Die Arboriten glaubten an die Natur, an die Wissenschaft und an die erlösende Macht des nicht-menschlichen Universums. Ihre große Angst war nicht, die Liebe Gottes zu verlieren oder nicht in den Himmel zu kommen, sondern die Vernichtung des Planeten Erde. Für sie war die Apokalypse die Vernichtung der natürlichen Welt durch die Menschen: Klimawandel, die Zerstörung der Korallenriffe und des tropischen Regenwalds, biologische Kriegführung, Kernschmelze. Die großen Laster waren für sie Habgier, Konsumismus und Verschwendung. Internationale Konzerne, Armeechefs und die führenden Politiker waren ihre Dämonen, Dschinns und Antichristen.

Die Arboriten verehrten die Welt der Natur, insbesondere Bäume, denn die gehörten zu den ältesten „Bewohnern" des Planeten. Ihre Treffen fanden in alten Forsten und tropischen Regenwäldern statt, oder in kleinen von wilden Blumen gesäumten Hainen oder in Dickichten, die sich zum Meer hin öffneten. Dort ging es freudig und laut zu, und alle waren glücklich. Eher wie bei einem Musikfestival als bei einem Gottesdienst.

Ihr „Buch" war nicht der Koran, die Bibel oder die Bhagavad Gita, sondern die „Ökosphäre", das Gen-Manuskript, in dem alles Leben eingeschrieben ist. Ihre Propheten waren Charles Darwin, James Lovelock, Rachel Carson, Al Gore, Petra Kelly, Vandana Shiva, Wangari Maathai und Katia Zhao. Und nach dem Vorbild der zehn Gebote der Thora, des Alten Testaments der Christen, hatten sie acht Gebote:

1. Du darfst nicht töten, weder Menschen noch andere Tiere
2. Ehre und respektiere Mutter Erde vor allem anderen
3. Hinterlasse keine Spuren
4. Lebe nach deinen Möglichkeiten
5. Erhalte die Artenvielfalt
6. Du darfst deine Umwelt nicht verschmutzen
7. Du darfst nicht lügen
8. Du musst die Ressourcen des Planeten gerecht mit den anderen Lebewesen teilen

Graffito mit den acht Geboten der Arboriten auf einer Hauswand in Chicago

Diese neue Religion wurde so beliebt bei der jüngeren Generation, dass die Führer der alten Glaubensrichtungen begannen, sich um ihre Zukunft zu sorgen. Sie übernahmen einige der Glaubensinhalte der Arboriten, nämlich ihre Liebe zur Natur und ihre Achtung gegenüber den Tieren. Und einige ihrer beliebtesten Rituale: Christliche Gottesdienste wurden nun draußen in der freien Natur abgehalten, und Hindu-Hochzeiten im Wald.

Doch dass die Arboriten die Rettung des Planeten höher einstuften als das Überleben der Menschen, fanden die Ethnarchen mehr als bedenklich. Für sie ging es bei ihren Versammlungen nicht um

Religion oder Spiritualität oder Mitgefühl mit den nicht-menschlichen Tieren. Stattdessen zögen die Arboritentreffen Unruhestifter an und gäben diesen eine Plattform, um gegen die Gesellschaftsordnung zu agitieren. Unterstützer der Ethnarchen zogen daraufhin den Patriotismus und die Staatstreue der Arboriten in Zweifel. Ihr seid entweder für oder gegen uns, erklärten sie, und wenn ihr zu einer arboritischen Vereinigung gehört, seid ihr Verräter an unserer Spezies.

Also ließen die Ethnarchen Gesetze verabschieden, die es verboten, an Versammlungen von Arboriten teilzunehmen. Und wer schuldig befunden wurde, Arboriten mit Geld, Nahrung oder auf andere Weise unterstützt zu haben, wurde mit Gefängnis bestraft.

Es gab nicht länger die großen glücklichen Open-Air-Versammlungen, an die wir uns schon gewöhnt hatten. Die Arboriten wurden in den Untergrund gedrängt. Versammlungen wurden im Geheimen abgehalten, die Kommunikation wurde codiert. Und wenn die Arboriten es nicht schon zuvor gewesen waren, so wurden sie jetzt endgültig sehr politisch.

Quentin und seine Freunde konspirierten, planten und organisierten. Sie sahen sich als die Verteidiger des Planeten. Und die Ethnarchen sahen in ihnen die Feinde ihrer neuen Weltordnung.

Weitere Gesetze gegen die Arboriten wurden verabschiedet. Die Überwachung nahm zu. Du konntest nie wissen, ob die Person, mit der du gerade sprachst, nicht ein Informant des staatlichen Sicherheitsdienstes war. Arbeitgeber wurden aufgefordert, ihren Angestellten nachzuspionieren. Wenn herauskam, dass sie, die Chefs, wissentlich Arboriten beschäftigten, konnten sie wegen Nichtweitergabe von Kenntnissen über illegale Aktivitäten verurteilt werden.

Es war eine schreckliche Zeit.

An:
Corpus Christi College
Professor Nancy Schmidt
Cambridge
England

11. September 2045

Liebe Frau Professor Schmidt,

können Sie bitte Mittwoch, 17 Uhr für ein kleines Gespräch freihalten? Bitte bringen Sie Kopien eines jeden Aufsatzes, Briefs oder anderen Dokuments mit, das Sie in den vergangenen drei Jahren geschrieben haben. Gegenstand der Diskussion wird der Unterschied zwischen richtiger und falscher Geschichtsschreibung sein.

Mit freundlichen Grüßen

Master Humphries

Handzettel mit der Einladung zu einer illegalen Versammlung der Arboriten, 2045

12.12.45.

Roses are red
Violets are blue.
There are facts that are said,
And facts that are true.

12.12.45

Rosen sind rot, das ist nun mal so,
Die Veilchen aber sind blau.

Manche Fakten heißen nur so,
Und andere stimmen genau.

Notiz Nr. 14

Ich habe keine Ahnung, was ich mit unserem Gespräch über Religion anfangen soll. Die meisten meiner Freunde und Freundinnen gehen zur Kirche, zur Synagoge oder Moschee. Ich bin selbst zu verschiedenen Gottesdiensten gegangen. Der letzte fand in einem Bio-Feld in vielleicht zwei Stunden Fußmarsch von zu Hause statt. Hat mir gefallen. Die schöne Umgebung, die Lieder mit ihren eingängigen Melodien. Das Gemeinschaftsgefühl. Ich überlege, ob ich in den nächsten Tagen wieder zu so einer Versammlung gehe. Aber ich hatte nichts davon gewusst, dass diese Religion, die der Arboriten, verboten ist. Ich hatte bis jetzt nie von ihnen gehört. Und weder in meinem Wörterbuch noch im All-In-One werden sie erwähnt.

Was den Weihnachtsmann betrifft, ist das schon sehr eigenartig. Warum erzählen Eltern ihren Kindern eine Geschichte von einem großen Mann in einem roten Mantel und mit einem weißen Bart, der jedes Jahr ins Haus einbricht? Und dann machen sie diese Geschichte noch glaubhafter, indem sie erzählen, dass dieser alte Mann den Kindern Geschenke bringt? Ich finde es seltsam, auf diese Weise Kindern beizubringen, dass sie die Wahrheit sagen sollen.

Stopp! Ich beginne zu überlegen, was sie mit mir gemacht haben. Die ganzen Jahre haben sie mir Lügengeschichten aufgetischt. Über eine Gruppe von netten alten Kerlen, auch bekannt als „die Ethnarchen, die dafür sorgen, dass schöne Sachen an meine Wohnungstür geliefert werden".

Und was soll ich von dem Brief von Großma Nancys Vorgesetztem in Cambridge über „die richtige Geschichtsschreibung" halten? Warum hat dieser Dekan ihr zu ihren Briefen und Dokumenten geschrieben? Ist Großma überwacht worden? Und warum hat sie mir das mitgeteilt? Ich habe das Gefühl, Großma Nancy schickt mir eine Botschaft: Du bist nicht allein, das stehen wir gemeinsam durch, bleib stark.

Heute habe ich Katia gesehen. Sie war ungefähr hundert Meter entfernt und auf dem Weg zu ihrem Lieblings-Fitnessstudio. Ich bin hinter ihr hergelaufen. Ich wollte ihr sagen, wie sehr sie mich verletzt und in welche Gefahr sie meine Familie gebracht hat. Aber bevor ich sie erreichen konnte, hatte sich die Tür hinter ihr geschlossen. Ich rüttelte an ihr, doch sie ließ sich nicht öffnen. Ich schlug mit den Fäusten dagegen und rief nach ihr. Aber sie drehte sich nicht um. Das Letzte, was ich von Katia sah, war, dass sie den Umkleideraum betrat. Als wäre ihr alles egal.

Ich sehe nach Großma Nancy. Sie schläft in ihrer Schlafkapsel. Sie sieht echt krank aus in diesen Tagen. Eher kalt grau als rosig wie normalerweise. Sie isst fast nichts und trinkt noch weniger. Das Einzige, was sie mag, sind gefrorene Obstriegel. Also sorge ich dafür, dass genügend da sind.

Ich beuge mich hinab, um ihr einen Kuss zu geben, da sehe ich ein Kärtchen, das aus einem alten Buch hervorguckt, das neben ihr auf dem Kopfkissen liegt. Ich ziehe es heraus und lese: „Sofort anrufen, wenn Benji auftaucht." Darunter steht eine Nummer.

Ich gehe in unsere Küche und rufe die Nummer von der Karte an. Die automatische Stimme sagt: „Sie haben die Polizei angerufen. Bitte drücken sie die 1, wenn sie den diensthabenden Beamten sprechen möchten …" Bevor ich zur 2 komme, lege ich auf.

Zwanzig Sekunden später bin ich zurück bei Großma Nancy. Ich bin ganz außer Atem. Ich muss endlich verstehen, was da passiert.

Ich schüttle sie wach. Sie schlägt die Augen auf, und ich drücke die Aufnahmetaste auf meinem All-In-One.

2047

Lass mir einen Augenblick, um aufzuwachen. Okay, okay, jetzt geht es besser.

Ich will versuchen, es dir zu erklären. Quentin wäre nicht gestorben, wenn er nicht im Gefängnis gewesen wäre. Er wäre nicht im Gefängnis gewesen, wenn er nicht politisch aktiv gewesen wäre. Und er hätte sich nicht mit diesen politischen Dingen befasst, wenn da nicht sein „Freund“ Benji gewesen wäre.

Benji war eine Bedrohung für unsere Familie. Eine Bedrohung für die Gesellschaft. Langsam, langsam! Bevor du mir tausend Fragen stellst: Du bist zu mir gekommen mit der Idee, meine Geschichtsdarstellung aufzuzeichnen. Zuerst fand ich das eine nette Idee. Was konnte es denn schaden, über alte Zeiten zu plaudern? Vielleicht konnte ich dir ein paar Dinge beibringen, ein bisschen Wissen vermitteln. Aber dann habe ich von der Polizei erfahren, dass auch Benji mit dir gesprochen hat. Dass du ihn getroffen hast, heimlich. Das wollte ich nicht zulassen. Ich werde nicht noch einmal ein Kind verlieren. Nicht wegen Benji.

Nein, nein, nein! Du bist jetzt nicht dran. Hör mir bitte zu! Bis zum Ende. Als wir unsere Gespräche begonnen haben, hast du mir versprochen, mir zuzuhören und alles, was ich gesagt habe, wortgetreu zu protokollieren. Willst du dein Versprechen jetzt etwa brechen?

Gut. Dann rede ich jetzt weiter.

Ich habe die Polizei angerufen. Und der Polizist hat gesagt, es liefe zur Zeit eine Untersuchung gegen Benji. Dass er ein Störenfried ist.

Okay, entschuldige – dass hen ein Störenfried ist. Du musst daran denken, ich bin eine alte Frau, und es ist nicht einfach für mich, immer an die korrekte Ausdrucksweise zu denken.

Jedenfalls sagte die Polizei, dass er, hen, eine Bedrohung des öffentlichen Friedens und der gesellschaftlichen Ordnung ist. Ein Hooligan.

Nun, da bin ich ganz derselben Meinung. Die Polizei sagte, sie versuchten ihn schon seit Monaten zu verhaften, aber er ginge ihnen immer wieder durch die Maschen. Er sei nie länger als eine Nacht am selben Ort. Keine Präsenz in den Interwebs. Keine wirklichen Freunde oder Bekannte. Die Polizei bat mich, ihr zu helfen. Was ich auch getan habe. Weil ich an Recht und Gesetz glaube. Weil ich glaube, dass die Sicherheitspolizei gut für uns ist. Ohne sie würde unser Gemeinwesen im Chaos versinken. Sie hat meine volle Unterstützung.

Wir haben immer geglaubt, dass die Zukunft einem Polizeistaat gehören würde. Ich jedenfalls habe es geglaubt. Vielleicht hatte ich zu viele Science-Fiction-Romane aus den dunklen Jahren nach der Tragödie des Zweiten Weltkriegs gelesen. Ich sah voraus, dass das Leben jedes Einzelnen, so, wie es in diesen Geschichten geschildert wurde, permanent von einer gesichtslosen Macht kontrolliert werden würde, dass jeder Schritt in meinem Alltag reguliert wäre und dass brutale Truppen von Stiefelträgern das durchsetzten. Ich stellte mir vor, dass meine Freunde und Nachbarn, die gegen die Regeln verstießen, über Nacht verschwinden würden und dass die ganze Welt nur grau in grau wäre und Humor und Kreativität durch Uniformität, Einsamkeit und Langeweile ersetzt sein würden. Stattdessen ist das Leben aufregender, diverser, kreativer, bunter und im

Großen und Ganzen, würde ich sagen, viel glücklicher geworden, als ich vorausgesehen hatte.

Natürlich gibt es die Sicherheitskräfte, die Recht und Gesetz durchsetzen. Und die Strafen bei einem Verstoß gegen die Gesetze sind prompt und heftig. Hausarrest, null Kommunikation mit der Außenwelt, riesige Geldstrafen, die zurückzuzahlen es Jahre braucht, und am schlimmsten: Langeweile.

Und ja, dieses politische System ist nicht so frei wie es war. „Frei" heißt hier aber chaotisch. Damals, als ich noch viel jünger war, hieß es, dass es auf meine Stimme ankam. So pilgerte ich pflichtbewusst am Wahltag zum örtlichen Wahllokal, machte ein Kreuz bei meinem Kandidaten – obwohl ich eigentlich nur für die Partei stimmte, für die ich schon immer gestimmt hatte – und warf den Wahlzettel in die Urne.

Ganz ruhig, ich bin noch nicht fertig. Lass mich zu Ende bringen, was ich zu sagen habe. Geduld, Billy. Es ist wichtig. Ich weiß, dass du eine Menge zu sagen hast. Du sagst immer, wie neugierig du bist, dass du Geschichte liebst. Gut, also, dann hör bitte zu!

Vor etwa dreißig Jahren hatten wir die populistischen Revolutionen. In kurzer Zeit wurde überall auf der Welt eine neue Sorte Politiker an die Macht geschwemmt. Diese Leute waren lustig, exzentrisch, laut und provokant, aber sie hatten noch nie zuvor Macht gehabt. Sie waren Entertainer, Schauspieler, Internetstars, Schönheitsköniginnen und Talkmaster.

Aber sie waren gewählt, fair und ohne Korruption. Und als sie zu regieren begannen, richteten sie ein heilloses Durcheinander an. Sie schafften in jahrzehntelangen Auseinandersetzungen durchgesetzte Regeln einfach ab. Gesetze, die die Schwachen stärkten und Unschuldige schützten. Gesetze, die dem Schutz der Erde und der empfindlichen Umwelt dienten. Gesetze, die die Staaten vor dummen Fehlern bewahren sollten, wie einfach Geld zu drucken, wenn sie eine neue Autobahn, eine Mauer oder ein Kraftwerk bauen wollten. Oder einen Krieg gegen einen Feind anzuzetteln, den sie nicht besiegen konnten.

Irgendwas war mit den Wählern geschehen. Ein Jahrhundert oder mehr, nachdem das allgemeine Stimmrecht unter großen Opfern erkämpft worden war, war es den Menschen jetzt oft gleichgültig. Es war, als ob die gesamte Erdbevölkerung gleichzeitig mit den Schultern zuckte und erklärte: „Egal, wen wir wählen, davon geht es uns ja auch nicht besser. Warum sollen wir dann nicht Leute wählen, die wenigstens unterhaltsam sind?"

Als deutlich geworden war, dass man der Bevölkerung die Macht, über die Regierungen zu bestimmen, nicht anvertrauen durfte, als es keinen Zweifel mehr daran gab, dass die Populisten, die wir in die Regierungen gewählt hatten, alles sehr, sehr viel schlimmer machten, wurde beschlossen, dass die Demokratie, so wie es sie gab, abgeschafft werden musste.

Wer diese Entscheidung getroffen hat? Das war weniger klar. Jedenfalls nicht die Politiker selbst, denn die hätten die Macht nie freiwillig aufgegeben. So wie die Weihnachtsgänse, damals, als noch Fleisch gegessen wurde, niemals für ein Weihnachtsessen gestimmt hätten.

Aber sicherlich auch nicht die Wähler, die schwankenden Massen, denn warum sollten sie freiwillig ihr Recht aufgeben, ihre Entscheider selbst zu wählen, auch wenn eben diese Entscheider ihre Lebensverhältnisse Jahr für Jahr verschlechterten?

Damals war gar nichts klar. Wir überlegten, dass es nur die verborgenen Eliten sein konnten. Die mysteriösen Strippenzieher, die die Hebel der Macht kontrollierten. Sie redeten mit den richtigen Leuten und öffneten die richtigen Türen. Und schneller, als wir es mitbekamen, hatten wir ein neues politisches System.

Zentralisiert, gesichert, koordiniert, international und von uns nicht zu beeinflussen.

Im Laufe der Jahre wurde es für alle, selbst die Dümmsten, offensichtlich, dass das neue System sehr viel besser funktionierte als das alte. Und mit der wachsenden Zustimmung zerstreute sich auch der Nebel, und die wirklichen Herren der Welt wurden sichtbar.

Was geschehen war, ist dies: Die Vorstände, also die CEOs, der hundert größten Firmen der Welt hatten die Dinge in die Hand genommen. Sie wüssten am besten, wie die Dinge funktionierten – womit sie im Übrigen recht hatten –, und deshalb entschieden sie im Interesse der Vielen. Sie, die Wenigen, würden nun bestimmen.

Natürlich wurde uns erzählt, dass wir noch immer über unser Leben mitbestimmen konnten. Es hieß sogar, wir hätten jetzt viel mehr zu sagen und die Souveränität wäre von den gescheiterten Regierungen wieder zu uns zurückgeholt worden. Die Wahrheit war natürlich eine andere. Zwar konnten wir von Zeit zu Zeit in Referenden zu großen Themen der Zeit Stellung nehmen – Soll die Todesstrafe endgültig abgeschafft werden? Soll Abtreibung erlaubt sein? Soll Fleischgenuss verboten werden? –, doch in Wirklichkeit traf die oberste Exekutive, die jetzt regierte, alle Entscheidungen, also Technokrat:innen und Bürokrat:innen, Politikwissenschaftler:innen und Erbsenzähler:innen, Spezialist:innen und Computer-Nerds.

Sie nannten sich selbst Ethnarchen. Mir kam das wie eine überflüssige Referenz an eine vergangene Zeit vor. Aber vielleicht ging es ja darum. Die Menschen von heute sollten wissen, dass sich etwas veränderte, aber dass es auch früher schon Veränderungen gegeben hat. Es würde also alles gut werden in der Welt.

Ich weiß nicht, wie die Ethnarchen unter sich organisiert waren. Ich habe mich damals oft gefragt, ob sie sich persönlich trafen oder nur über die Interwebs miteinander kommunizierten. Wie es im Inneren, unter ihnen, zuging, blieb geheim, verborgen vor jedweder Öffentlichkeit.

Uns wurde gesagt, es gebe keinen obersten Chef, denn sie hätten alle gemeinsame Interessen und träfen ihre Entscheidungen einvernehmlich. Wenn zwei oder mehr von ihnen mit einem Beschluss nicht einverstanden wären, werde er nicht angenommen. Und alle Entscheidungen basierten auf den neuesten und besten Forschungen und Analysen. Das war das Fundament ihrer Macht: MegaData. Das sollte suggerieren: Sie hatten alle Informationen und wir nicht, also sollten wir sie die Entscheidungen treffen lassen. Ihr Wahlspruch war: Macht ist Information, und ihr Mantra war TINA – There Is No Alternative. Für die Ethnarchen war öffentliche Zustimmung irrelevant.

Ganz zu Anfang gab es manche, die protestierten und politische Kampagnen gegen die Ethnarchen führten. Die sagten, das Wahlrecht sei ein Menschenrecht und dass ohne Demokratie die Mächtigen sich auf Kosten der Schwächeren bereichern würden. Dass wir eine neue Autokratie hätten, in der die Konzernelite unsere neuen Sklavenhalter wären. Zu diesen Radikalen stießen die frustrierten Populisten, die jetzt machtlos waren. Doch kaum jemand beachtete diese Verlierer. Jahrelang hatten sie geschrien, die Immigranten, die Medien, die Gerichte seien der Feind. Sie hatten sich zu oft als Opfer dargestellt und hatten alles nur noch schlimmer gemacht.

So habe ich nicht auf sie gehört. Und auch sonst kaum jemand. Schließlich ging es uns jetzt besser, also was sollte das? Wenn da nicht der SHOCK gewesen wäre, hätte ich vielleicht für mehr Demokratie gekämpft. Doch unsere Umwelt befand sich in einer schweren Krise, unser Planet war in Gefahr. Du kannst dich nicht erinnern, wie es war. Eine Zeit lang stand es Spitz auf Knopf. Wir haben fast alles verloren. Ein wenig Macht abzugeben, war das Geringste, was ich für das Überleben unserer Spezies tun konnte.

Guck mich nicht so an, als ob ich dich hintergangen hätte!

Ich habe dich geschützt.

Ich habe unsere Familie geschützt.

Deshalb habe ich mit der Polizei zusammengearbeitet. Aus gutem Grund. Ich selbst hatte nichts davon. Sie haben mich nicht bezahlt. Du bist noch zu jung. Du verstehst solche Dinge noch nicht. Die Polizei ist dazu da, uns zu schützen. Ich weiß, sie kann einem auch Angst machen. Doch das ist nur eine Folge der Fehler, die wir in der Vergangenheit gemacht haben, und damit müssen wir leben. Ich finde das auch sehr schade. Ich wünschte, wir hätten mehr getan, um den SHOCK zu verhindern. Ich wünschte, wir hätten keine Ethnarchen und keine Sicherheitspolizei. Ich wünschte, wir könnten mehr reisen und wären freier. Ich wünschte, wir müssten nicht wählen zwischen Sicherheit und Freiheit. Aber so liegen die Dinge nun mal. Was geschehen ist, ist geschehen. Wir können die Vergangenheit nicht ändern, aber wir können die Zukunft ändern.

He, Billy, lauf jetzt nicht weg!

Und übrigens: Du hast mich nie um die Erlaubnis gebeten, Benji die Geschichte zu geben. Du hast nie gesagt, dass du meine Erinnerungen mit anderen Menschen teilen wolltest.

Komm zurück. Bitte, Billy …

Notiz Nr. 15

An dieser Stelle verließ ich den Raum. Ich konnte nicht mehr. Zuhören, wie Großma Nancy mir lang und breit von der Vergangenheit erzählte und mir keine Gelegenheit gab, etwas zu sagen. Sicher, ich habe zugestimmt, jeden Satz, jeden Absatz Wort für Wort aufzuschreiben. Aber wirklich, das jetzt ging weit über unser kleines Geschichtsprojekt hinaus.

Ich kann gar nicht glauben, dass Großma einen Polizeistaat akzeptiert. Dass sie damit einverstanden ist, dass Leute ohne Anklage in Haft genommen werden. An einen Stuhl gefesselt und stundenlang festgehalten und verhört werden.

Ich weiß nicht, was ich schlimmer finde. Dass Großma Nancy mich hintergangen hat, meine eigene Großma? Oder dass man mit mir gespielt hat. Ich bin ja so naiv gewesen! Ich dachte, ich hätte eine schöne Zeit beim Plaudern über die Vergangenheit und würde von den Älteren etwas lernen. Jetzt stellt sich heraus, dass ich nur ein unwissender Bauer in einem vierdimensionalen Schachspiel war. Was für eine Idiotin ich war!

Es tut mir so leid, Katia, dass ich dir misstraut habe. Ich bin eine schlechte Freundin gewesen.

Aber wenn Großma Nancy und diese Polizeiclowns meinen, sie könnten mich so leicht ins Bockshorn jagen, müssen sie sich warm anziehen.

Ich nehme mir einen alten Mantel von meinen Eltern, setze einen schweren Hut und eine alte Brille auf und gehe raus. Muss Benji finden.

Ich gehe zu den Orten, an denen wir uns zuerst getroffen haben. Hen ist nicht da. Zu dem Fitnessstudio, in dem sie sich früher getroffen haben. Nichts. Wo hen zuletzt gegessen hat. Wieder nichts.

Ich suche die ganze Nacht durch. Immer weiter. Keine Spur von Benji, nirgends.

Es ist gegen sechs Uhr morgens, als ich nach Hause zurückgehe. Erschöpft und niedergeschlagen. Was soll ich meinen Eltern sagen? Die werden krank sein vor Sorge, wo ich die ganze Nacht war. Und was werde ich Großma Nancy sagen? Werde ich ihr jemals wieder in die Augen sehen können?

Ich gehe um die letzte Ecke und sehe zu unserer Eingangstür hinüber. Und da steht hen, Benji, eine dunkle Kapuze tief ins Gesicht gezogen und das Fadenspiel zwischen hens Handflächen. Hen wartet auf mich.

Ein paar Minuten später hocken wir in einem dunklen Gang hinter der Kantine, wo wir meistens essen. Wir gehen davon aus, dass dort keine Kameras installiert sind.

„Ich hab es raus", sagt Benji aufgeregt. Darüber bin ich froh, und ich bitte hen, mir „Zwei Kojoten laufen voneinander weg" vorzuführen.

„Nicht das!", sagt hen, als wäre ich eine Idiotin. „Ich habe eine Möglichkeit gefunden, deine Notizhefte zurückzuschicken. Zurück in der Zeit."

Ich hatte mich neulich also nicht verhört.

Benji erklärt, hen hätte einen Algorithmus gefunden. Irgendwas mit Datenkomprimierung und Wurmlöchern. Und dass hen es geschafft hätte, sich in einen Quantencomputer einzuhacken. Ich bin nicht sicher, in welchen. Ich verstehe echt gar nichts. Hen redet so schnell. Wirft mir irre Blicke zu, die Augen weit aufgerissen.

Ich brauche jedenfalls nicht lange, um mich zu entscheiden. Wenn Menschen in der Vergangenheit meine Geschichte läsen, würden sie wissen, dass sie etwas tun müssen. Denn wenn sie es nicht tun würden, wären die Folgen vernichtend. Und sie würden es wissen. Richtig? Aber ich weiß, dass es auch ein Problem gibt. Wie würden Menschen in der Vergangenheit wissen, dass diese Geschichte real war? Würden sie nicht wie ich denken, dass Zeitreisen Fantasy sind? Dass das nur Science Fiction ist?

Ich denke darüber nach, immer wieder. Während Benji unruhig herumzappelt. Hen kann nicht still sitzen. Lässt den Faden zwischen seinen Fingern hin- und herwandern. Wieder und wieder. Hen flüstert mir zu: „Beeil dich, beeil dich!"

Dann habe ich die Idee. In alten Filmen schickt der Geiselnehmer doch bei einer Entführung einen „Lebensbeweis", um zu zeigen, dass das Opfer noch lebt. Ein Foto von ihm mit der Zeitung des Tages in der Hand. Nach diesem Muster müssten wir Ereignisse aufzählen, die für die Leser in Kürze eintreten würden. In ihrer nahen Zukunft. Das würde sie überzeugen.

Es wird darauf ankommen, die Geschichte so weit zurück in der Zeit zu schicken, dass sie dann noch genügend Zeit haben, den SHOCK zu verhindern, aber nicht so weit, dass sie es nicht mit der Angst zu tun bekommen, wenn sie nichts machen. Wir einigen uns darauf, dass 2020 ideal wäre.

Benji sagt, dass hen keinen genauen Tag oder eine bestimmte Woche auswählen kann, aber vielleicht kann hen es bis auf einen Monat genau steuern. „Mehr oder weniger", sagt hen. Das klingt für mich nicht besonders vertrauenswürdig, doch es ist der beste Plan, den wir haben. Der einzige Plan.

Benji und ich verabreden, dass wir uns in zwei Stunden wieder treffen, hier, an derselben Stelle. Wenn ich nicht zurückkomme, wird hen das eine Notizheft, das hen schon hat, losschicken.

Und dann geschieht es, gerade als ich mich aufmachen will. „Oh, sieh nur, sieh!", ruft Benji.

Ich drehe mich um und gucke. Zwischen Benjis Fingern befinden sich zwei Dreiecke mit einem Schwanz. „Das sind die beiden Kojoten", sagt hen. Und dann laufen die beiden Kojoten langsam, wie von Geisterhand bewegt, den Faden entlang. Voneinander fort. Zwei Kojoten laufen voneinander weg. Benji hat es geschafft!

Als ich nach Hause komme, sind die Lichter in der Schlafkapsel meiner Eltern gelöscht. Auch in Großma Nancys Raum. Ich nehme meine Notizhefte aus ihrem Versteck.

Das war vor einer Minute.

Und dies ist jetzt.

Ich sitze am Küchentisch, die Notizhefte auf einem Stapel neben mir.

Und das ist der Plan: Da Heft Nummer 13 schon fast vollgeschrieben ist, fange ich ein neues Heft an und schreibe eine lange Liste von Fakten rein, die ich aus meinem All-In-One habe. Ich beschrifte das Heft mit der Nummer „14".

Ich schreibe nun Hunderte von Fakten für das Jahr 2022 auf (nur zwei Jahre nach dem Jahr, in dem wir die Hefte zurückschicken), damit jeder, der sie findet, weiß, dass sie wirklich aus der Zukunft stammen. Zum Beispiel solche:

- Gewinner der Fußballweltmeisterschaft (Männer)
- Gewinnerin beim Einerbob, Frauen, bei der Winterolympiade
- Zahlen der bei den Midterm-Wahlen für den Kongress in den USA für die Parteien gewonnenen Sitze
- Der heißeste Tag des Jahres in fünf Hauptstädten
- Der niedrigste Jahreswert des Nikkei-Index
- Der Sieger des Pferderennens des Prix de l'Arc de Triomphe
- Die Gewinnerin des Frauenmarathons in Tokio

Solche Sachen.

Fakten aus der ganzen Welt.

Seite für Seite schreibe ich Namen, Zahlen und Daten auf.

Das ist jetzt eine ganze Menge. Zumindest kann es dazu dienen, dass die Person, die das findet, ein Vermögen in den Wettbüros machen kann. Ich lege los.

Es ist jetzt eine halbe Stunde später. Ich habe fünfzehn Seiten im Notizheft Nummer 14 gefüllt. Ich schaue auf die Zeit. Ich habe nur noch dreißig Minuten. Ich möchte mich bei Benji nicht verspäten. Ich laufe zur Tür – und bleibe stehen.

Es fühlt sich nicht richtig an, wenn ich die Darstellung der Geschichte mit meinem letzten Gespräch mit Großma Nancy enden lasse. Mit einer Seite, die mit schlechten Gefühlen endet.

Im 13. Notizheft ist genug Raum, um noch ein paar Worte hinzuzufügen. So nehme ich es in die Hand. Ich möchte die Sache gut zu Ende bringen.

Ich klopfe an ihre Tür und gehe hinein.

Großma Nancy kann kaum sprechen. Nur noch flüstern. Ich sage ihr, dass ich verstehe, dass sie nur versucht, mich und die Familie zu schützen. Dass ich ihr vergebe. Dass ich sie liebe. Dass ich sie vermissen werde.

Daraufhin lächelt sie und drückt meine Hand.

Ich habe noch ein Thema, sage ich. Ich lehne mich zu ihr hinüber, so nah, dass ich Großma Nancys Atem auf meiner Wange spüre, und stelle meine Frage.

2050

Meine liebe, liebe Billy, ich fühle mich sehr müde, aber du hast mich zur Zukunft befragt. Ich fürchte, es wird nicht mehr viel Zukunft für mich geben. Aber ich habe ein langes Leben gehabt, also kann ich mich nicht beklagen. Ich bin dankbar für alles, was ich erlebt habe, was ich gehabt habe. Und auch wenn ich liebe Menschen verloren habe und manches bereue, habe ich ein gutes Leben gehabt.

Als Historikerin kann ich natürlich nicht wissen, was in den kommenden Jahren geschieht. Denn wie kann man mit Gewissheit etwas über die Dinge sagen, die noch geschehen werden?

Und doch. Und doch.

Wie du weißt, geben auch Historiker – die versichern, dass ihre Weltsicht auf Fakten und objektiven Wahrheiten beruht, die von sorgfältiger Dokumentation und unbezweifelbaren Zeugnissen gestützt werden –, geben also auch Historiker zu, dass Ereignisse der Vergangenheit im besten Fall zu interpretieren und im schlimmsten grundsätzlich zu bezweifeln sind. Es heißt nicht ohne Grund, dass die Geschichte von den Siegern geschrieben wird, eben weil die offizielle Version davon abhängt, wer sie erzählt.

Aber davon abgesehen ist es meine Erfahrung gewesen, dass es möglich ist zu sagen, dass sich bestimmte Dinge in der Zukunft höchstwahrscheinlich ereignen werden. Vielleicht sogar mehr als höchstwahrscheinlich – ziemlich sicher.

Ich gebe ein paar Beispiele.

In den 1930er Jahren war jedem Zeitungsleser bewusst, dass es Krieg geben würde. Deshalb investierten Länder wie Deutschland, England, Japan und Frankreich schon lange vor dem Ausbruch des Zweiten Weltkriegs so viel Geld in den Ausbau ihrer militärischen Kapazitäten.

In den 1950er Jahren wiederum war bereits deutlich, was kommen würde: Frauen würden eine weniger untergeordnete Rolle zu Hause und am Arbeitsplatz spielen. Mehr Menschen würden Kühlschränke besitzen, Autos fahren und telefonieren können. Die Menschen würden länger leben, in dem Maße, wie es weltweit Impfprogramme und eine verbesserte Gesundheitsfürsorge gab.

Dasselbe gilt für die 1990er Jahre. Denjenigen, die die ersten Schritte des Internet begleitet hatten, war bewusst, dass dieses neue Instrument schnell und breit wachsen und so wichtig werden würde wie elektrischer Strom und sauberes Trinkwasser. Eine Automatisierungswelle würde auf uns zukommen und die Art, wie wir arbeiten und unsere Freizeit verbringen, revolutionieren. Und trotz Jahrhunderten der Intoleranz war klar, dass immer mehr Länder auf der ganzen Welt es ihren Bürgern erlauben würden, unabhängig von ihrer sexuellen Orientierung zu heiraten. Denn wer möchte zwei Menschen schon daran hindern, ihre Liebe zu feiern?

Und immer wieder hat sich eins bewahrheitet: Die menschliche Gesellschaft steht ständig wieder vor Problemen und Aufgaben und existentiellen Bedrohungen, und nur das entschlossene und mutige Handeln einiger weniger Individuen und Gruppen ermöglicht entscheidende Fortschritte. Fortschritte, die nötig sind, damit die Menschheit überlebt und die Menschen glücklich sind.

Wenn wir also behaupten können, dass historische Wahrheiten zu 95 bis 98 Prozent stimmig sind – was mir als Historikerin eher großzügig vorkommt –, warum können wir nicht etwas Ähnliches über Aussagen zur Zukunft annehmen? Anders gesagt: Beides beruht auf Fakten, und beides verlangt einen gewissen Grad an Interpretation.

Ich habe versucht, so gut wie möglich die Geschichte der vergangenen dreißig Jahre zu erzählen, fünfzehn Jahre vor deiner Geburt und fünfzehn Jahre deines Lebens. Und jetzt haben wir das Jahr 2050 erreicht. Lass mich noch eine Anmerkung machen. Die wichtigste Anmerkung …

Wir haben ein gutes Leben. Trotz aller Schwierigkeiten und Krisen, sowohl für die Gesellschaft als auch für den Einzelnen, leben wir in einer Zeit von Sicherheit und Ruhe.

Heute leben mehr als elf Milliarden Menschen auf der Welt, die meisten in großen Städten. Im Durchschnitt hat ein heute geborenes Kind eine Lebenserwartung von mehr als hundert Jahren. Und verglichen mit dem eines Kindes vor hundert Jahren wird sein Leben leicht und bequem sein.

Natürlich haben wir Probleme, wann hat es denn keine gegeben? Das größte ist vielleicht die Ungleichheit. Während allen ein Anständiges Grundeinkommen garantiert wird, eine Wohnung, Bildung, Gesundheitsfürsorge und Freizeitbeschäftigungen, die sie ausfüllen, verfügen die Spitzen der Gesellschaft über außerordentlichen Reichtum.

Diese Ungleichheit wäre schon schlimm genug, wenn sie nicht allen allzu sehr auffiele. Doch aus Gründen, die ich nie wirklich verstanden habe, tragen die Mächtigsten unter uns ihren extravaganten Lebensstil nur allzu gern zur Schau. Die Medien quellen über von Shows, in denen jeweils das neueste extravagante Spielzeug, Haus oder Abenteuer irgendeines Celebrities gezeigt wird. Dies ruft bei vielen Missgunst und Wut hervor.

Und leider gibt es weiterhin viele der alten Ungerechtigkeiten. Immer noch wird die Gesellschaft von Rassismus und uralten Vorurteilen heimgesucht. Ein Ethnarch ist eher ein Mann als eine Frau und ist eher in Ländern wie Deutschland, China oder den USA als im Sudan, in Nepal oder Bolivien aufgewachsen. Frauen leiden noch immer vielerorts unter häuslicher Gewalt. Und Fremde – gleich, ob sie aus einer anderen Stadt oder einem anderen Land kommen – begegnen Angst und Misstrauen.

Im Großen und Ganzen ist unsere Zeit jedoch eine des Optimismus und des Wohlstands. Als Historikerin weiß ich natürlich, das sich dies mit erstaunlicher Geschwindigkeit und Gewalt über Nacht verändern kann. Es gibt in den letzten drei oder vier Jahrhunderten viele Beispiele dafür, dass Selbstzufriedenheit und Blauäugigkeit plötzlich zu Tyrannei und Unterdrückung führten. Der Satz „Wir dürfen niemals vergessen" darf niemals vergessen werden.

Aber wie gesagt, für die überwiegende Mehrheit der Menschen ist das Leben gut. Besser jedenfalls, als es in meinen jungen Jahren war.

Und eines der Dinge, die ich im Leben gelernt habe, ist, die schönen Dinge zu genießen. Die wolkenlosen Sonnentage. Die stillen Wanderungen im Wald. Eine amüsante Geschichte, die ein Freund erzählt. Den glücklichen Zufall. Ein leckeres Essen. Eine Nacht mit ruhigem und erholsamem Schlaf.

Denn in einem einzigen Augenblick können die guten Dinge auch schon wieder verschwunden sein.

Notiz Nr. 16

Ich bin wieder bei Benji, in dem Gang.

Während ich diese Worte schreibe, sagt Benji mir, ich soll mich beeilen. Wir müssen schnell handeln. Die Polizei kann jeden Augenblick auftauchen.

Ich habe Benji alles gegeben. Alle Notizhefte. Deshalb sind dies meine abschließenden Worte:

Wenn jemand diese „Future History" liest: Bitte verstehe, dass dies nur eine mögliche Zukunft ist.

Deshalb: Bitte, ändert euer Verhalten. Jetzt!

Ändert das Verhalten der Gesellschaft. Damit der SHOCK nie eintritt.

Denn anderenfalls …
Wird es eine Katastrophe sein für mich, meine Freunde und meine Familie.
Wird es eine Katastrophe sein für eure Nachkommen und die Nachkommen eurer Freunde.
Wird eine Katastrophe sein für die Erde.
Bitte, bitte, bitte, denkt nach!
Schützt eure Zukunft!
Schützt unsere Gegenwart,
bevor es zu spät ist.

Billy Schmidt
15. Juni 2050

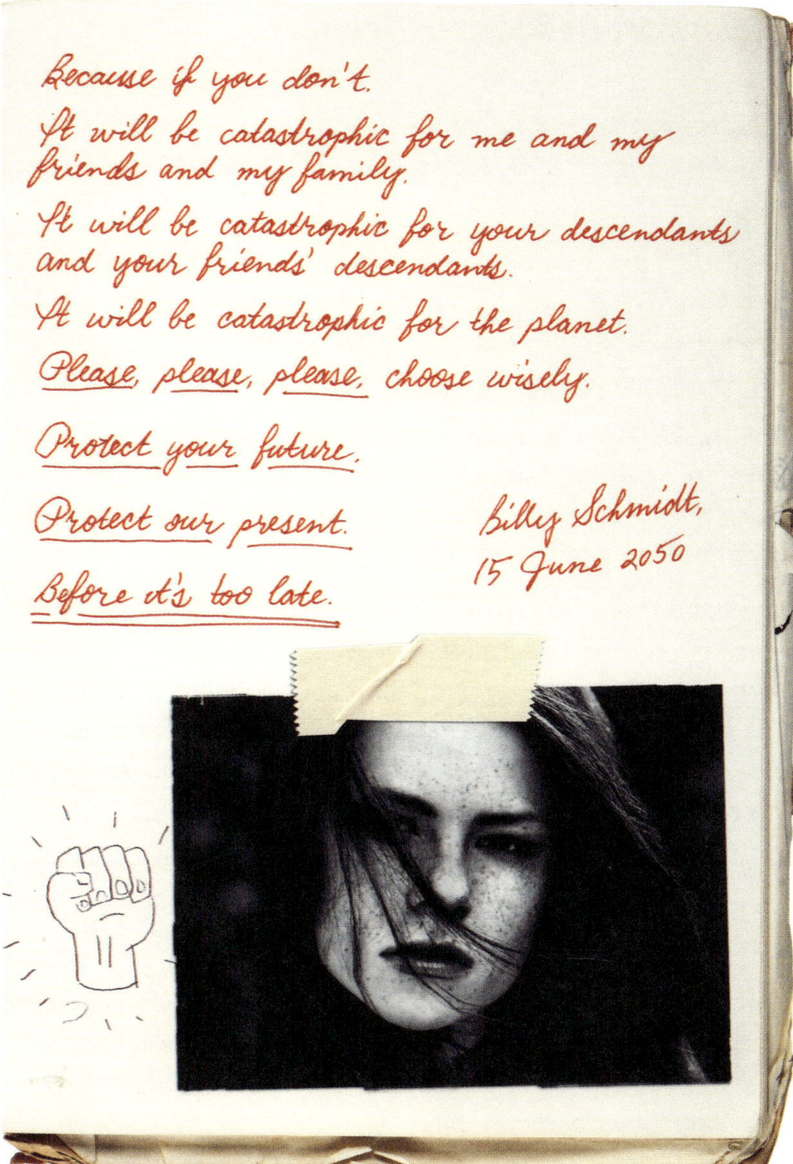

Because if you don't.

It will be catastrophic for me and my friends and my family.

It will be catastrophic for your descendants and your friends' descendants.

It will be catastrophic for the planet.

Please, please, please, choose wisely.

Protect your future.

Protect our present.

Before it's too late.

Billy Schmidt,
15 June 2050

Nachwort des Herausgebers

Dies waren die wenigen Schlussworte auf einem Zettel im letzten der Notizhefte, die ich im Berliner Landesarchiv gefunden habe.

Ich habe noch einmal die Pappschachteln nach dem von Billy erwähnten Heft durchsucht, in dem die ganzen Fakten zu 2022 stehen sollten, dem Heft, das sie als „Nummer 14" bezeichnen wollte. Es fehlte, ebenso wie die Hefte Nummer 3, 5, 8 und 12.

Ich wusste nicht, wie diese Notizhefte hatten verloren gehen können, aber natürlich wusste ich auch nicht, wie überhaupt auch nur eines dieser Hefte jetzt, im Jahre 2020, hierher gelangt sein konnte.

Ich habe diese Notizen noch einmal durchgelesen und dann noch ein drittes Mal. Dabei habe ich mir ein paar Einzelheiten notiert, um mir einen Reim darauf zu machen. Vor allem war ich geschockt von der Alltäglichkeit des Schreckens, davon, wie die durch den Klimaschock entstandenen Schwierigkeiten als normal angesehen, geradezu akzeptiert wurden.

Bei meinem vierten Durchgang realisierte ich plötzlich, dass das, was ich las, nur eine mögliche Zukunft war. Vielleicht sollten wir es „die eine Zukunft" nennen.

Und wenn dies so war, warum sollten wir nicht einen anderen Weg gehen? Einen, der gewiss viele schwierige Entscheidungen mit sich bringen, aber zu einem erheblich besseren Ergebnis führen würde, für uns alle.

Aus diesem Grunde veröffentliche ich dies jetzt. In der Hoffnung, dass Sie, die Leser und Leserinnen, tun, was Billy alle zu tun beschwört: Bitte denkt nach, bevor es zu spät ist!

Thomas Harding

GLOSSAR

577R
ein Genotyp von → ACTN3

ACTN3 (Alpha-Actinin 3)
ein Gen, das bei Sprintern überdurchschnittlich vorkommt

All-in-One
ein sehr vielseitig anwendbares elektronisches Gerät

Arboriten
eine der Umwelt verpflichtete religiöse Gruppierung

AGE, Anständiges Grundeinkommen
Einkommen, auf das jeder Bürger ein Anrecht hat

E2EE end-to-end encryption
ein Verschlüsselungsprogramm

ENASO, European and North American Security Organization
ein Verteidigungsbündnis

Ethnarchen
mächtige Geschäftsleute, die die Welt regieren

Genveränderer
Menschen, deren Gene vor dem Austragen durch eine Leihmutter gezielt selektiert oder verändert worden sind

Globals
das internationale Geld

Implantierer
Athleten, die Gliedmaßen mit Prothesen ausgetauscht haben, um ihre Leistung zu verbessern

Instanews
wichtige Nachrichtenquelle

Insta-ice
beliebte Speiseeissorte

Interwebs
haben das Internet ersetzt

IPCC, Intergovernmental Panel on Climate Change
Weltklimarat

iShelf
eine App zum Speichern von E-Books, digitales Bücherregal

Megadaten
von Quantencomputern gesammelte Daten

Megas
die Superreichen

MoonBase1
die erste Kolonie auf dem Mond

Natürliche
Sportler ohne künstlich verbesserte Körperteile

Populisten
Politiker, die den Wählern nur erzählt haben, was diese hören wollten

Quantenüberlegenheit
Gilt als erreicht, sobald ein Quantencomputer eine Aufgabe löst, an der ein herkömmlicher Computer scheitern würde.

Schlafkapseln
die Schlafräume in einer Wohnung

SHOCK
die plötzliche Klimakrise

Supremes
die besten unter den → Implantierern

Transformation
das Ende der alten Arbeitswelt infolge der Automatisierung

VDS
Voller Datenschutz, auch FDP (Full Data Protection)

Weltliga
Internationale Sportwettkämpfe, an der auch Implantierer und → Genveränderer teilnehmen dürfen

WP
Weltparlament

Warbots
Kriegsdrohnen, die ihre Ziele selbst suchen

Thomas Harding, Jahrgang 1968, stammt aus einer englischen Familie mit Berliner Wurzeln. Er hat Anthropologie und Politische Wissenschaften am Corpus Christi College in Cambridge studiert. Der Journalist und Autor schreibt für Zeitungen wie den *Guardian*, die *Sunday Times*, den *Independent* oder die *Financial Times*. Er ist Mitbegründer eines Fernsehsenders in Oxford und gab lange Jahre eine vielfach mit Preisen ausgezeichnete Zeitung in West Virginia heraus. Seine Bücher wie *Hanns und Rudolf* oder *Sommerhaus am See* waren weltweit erfolgreich. Heute lebt er mit seiner Familie in Hampshire/England.

Florian Toperngpong hat Grafikdesign studiert und bekam im Anschluss ein FABRICA-Stipendium für Visuelle Kommunikation und Kreatives Schreiben in Italien. Der freischaffende Grafiker ist assoziiertes Mitglied im *Think Tank 30* des Club of Rome. Weiterhin ist er Dozent an der Akademie für Gestaltung in Regensburg. 2019 erschien sein jüngstes Buch, *Aus dem Papierkorb der Weltgeschichte*. Er lebt mit seiner Familie in Regensburg.

For Moo. Incredible. **TH**

Ein verlagsneues Buch kostet in ganz Deutschland und Österreich jeweils dasselbe. Das liegt an der gesetzlichen Buchpreisbindung, die dafür sorgt, dass die kulturelle Vielfalt erhalten und für die Leser bezahlbar bleibt. Also: Egal ob im Internet, in der Großbuchhandlung, beim lokalen Buchhändler, im Dorf oder in der Stadt – überall bekommen Sie Ihre verlagsneuen Bücher zum selben Preis.

Aus dem Englischen von Edmund Jacoby

Druck und Bindung: Livonia Print
Printed in Latvia
ISBN 978-3-96428-057-2
www.jacobystuart.de

FSC www.fsc.org
MIX
Papier aus verantwortungsvollen Quellen
FSC® C002795

Dieses Buch ist auf Papier gedruckt, für das nur Holz aus nachhaltiger Forstwirtschaft verwendet wurde.